DIÁRIO DA TARDE

A marca FSC® é a garantia de que a madeira utilizada na fabricação do papel deste livro provém de florestas que foram gerenciadas de maneira ambientalmente correta, socialmente justa e economicamente viável, além de outras fontes de origem controlada.

PAULO MENDES CAMPOS

Diário da Tarde

Posfácio
Leandro Sarmatz

Copyright do texto © 2014 by Joan A. Mendes Campos

Grafia atualizada segundo o Acordo Ortográfico da Língua Portuguesa de 1990, que entrou em vigor no Brasil em 2009.

Capa
Alceu Chiesorin Nunes

Imagem da capa
Acervo Paulo Mendes Campos/ Instituto Moreira Salles

Foto do autor
Iugo Koyama/ Abril Comunicações S/A

Preparação
Leny Cordeiro

Revisão
Isabel Jorge Cury
Luciane Helena Gomide

Apoio de pesquisa
Instituto Moreira Salles

Dados Internacionais de Catalogação na Publicação (CIP)
(Câmara Brasileira do Livro, SP, Brasil)

Campos, Paulo Mendes, 1922-1991.
 Diário da Tarde/ Paulo Mendes Campos ; posfácio Leandro
Sarmatz. — 1ª ed. — São Paulo : Companhia das Letras, 2014.

 ISBN 978-85-359-2296-7

 1. Crônicas brasileiras I. Sarmatz, Leandro II. Título.

14-03442   CDD-869.93

Índice para catálogo sistemático:
1. Crônicas : Literatura brasileira   869.93

[2014]
Todos os direitos desta edição reservados à
EDITORA SCHWARCZ S.A.
Rua Bandeira Paulista, 702, cj. 32
04532-002 — São Paulo — SP
Telefone: (11) 3707-3500
Fax: (11) 3707-3501
www.companhiadasletras.com.br
www.blogdacompanhia.com.br

Sumário

1

Artigo Indefinido: O Cântico dos Cânticos, 19
O Gol é Necessário: O Gol é Necessário, 31
Poeta do Dia: Christian Morgenstern: Primeira Neve, 33
Bar do Ponto: Trem de Ferro, 34
Pipiripau: O Indispensável, 35
Grafite: Anfigúrico, 35
Suplemento Infantil: De Manhã: R. L. Stevenson, 36
Coriscos: Coriscos no Acaba Mundo, 36

2

Artigo Indefinido: Amigos Implacáveis, 39
O Gol é Necessário: Botafogo dos Botafogos, 40
Poeta do Dia: Langston Hughes: O Negro, 42
Bar do Ponto: Procissão do Desencontro, 43

Pipiripau: Duplex, 43
Grafite: Sol e Sombra, 43
Suplemento Infantil: Matemática, 44
Coriscos: Coriscos na Serra, 44

3

Artigo Indefinido: Walt Whitman, 49
O Gol é Necessário: Didi, Coisa Mental, 55
Poeta do Dia: Philip Larkin: Decepções, 57
Bar do Ponto: Vasto Hospital, 58
Pipiripau: Endereço, 59
Grafite: Distinguo, 59
Suplemento Infantil: Retardado, 60
Coriscos: Coriscos na Lagoinha, 60

4

Artigo Indefinido: *Orlando* de Virginia Woolf, 65
O Gol é Necessário: Copa 1958, 75
Poeta do Dia: Paul Verlaine: Walcourt, 77
Bar do Ponto: Shelley Prosador, 78
Pipiripau: Mineiros no Rio, 78
Grafite: Terror e Êxtase, 79
Suplemento Infantil: Um Perfil por Montúfar, 80
Coriscos: Coriscos na Floresta, 80

5

Artigo Indefinido: Saint-Simon, 83

O Gol é Necessário: Garrincha, 92
Poeta do Dia: Dylan Thomas: Depois do Enterro, 95
Bar do Ponto: Idades da Palavra, 97
Pipiripau: Antilivro, 97
Grafite: Nossa Homérica Pelada, 98
Suplemento Infantil: Belloc em Dezembro, 98
Coriscos: Coriscos no Bairro dos Funcionários, 99

6

Artigo Indefinido: Fernando Pessoa, 103
O Gol é Necessário: Sorte, 105
Poeta do Dia: Giovanni Pascoli: Último Sonho, 105
Bar do Ponto: Beco, 106
Pipiripau: Mercado de Virtudes, 107
Grafite: Modernete Moral Fora de Moda, 107
Suplemento Infantil: Dilúvio: Chesterton, 108
Coriscos: Coriscos na Floresta, 108

7

Artigo Indefinido: Contradições de Mark Twain, 111
O Gol é Necessário: Vai da Valsa, 115
Poeta do Dia: Paul Éluard: A Amorosa, 119
Bar do Ponto: Bomba e Poluição, 119
Pipiripau: Arte da História, 120
Grafite: Revolução Espiritual, 120
Suplemento Infantil: Menino Levado (Keats), 121
Coriscos: Coriscos na Serra, 126

8

Artigo Indefinido: Ele e Ela, 129
O Gol é Necessário: Na Década de 50, 133
Poeta do Dia: T. S. Eliot: O Hipopótamo, 134
Bar do Ponto: Andantino, 135
Pipiripau: Rus in Urbe, 136
Grafite: Grifo, 136
Suplemento Infantil: A Educação Sentimental, 137
Coriscos: Coriscos no Bairro dos Funcionários, 137

9

Artigo Indefinido: John dos Passos, 141
O Gol é Necessário: Passes de Letra, 143
Poeta do Dia: Pedro Salinas: Erro de Cálculo, 145
Bar do Ponto: Linhas Tortas, 151
Pipiripau: Madre é a Mãe, 151
Grafite: Bem Feito!, 152
Suplemento Infantil: Para um Menino Felino, 152
Coriscos: Coriscos na Lagoinha, 153

10

Artigo Indefinido: Coração das Trevas, 157
O Gol é Necessário: O Inglês, 166
Poeta do Dia: Horace Gregory: Lápide com Querubim, 168
Bar do Ponto: Memórias de Elefantes, 169
Pipiripau: Era uma vez um nariz, 170
Grafite: Contre-Fugue, 170

Suplemento Infantil: Anônimo, 171
Coriscos: Coriscos no Acaba Mundo, 171

11

Artigo Indefinido: Morte Contemporânea, 175
O Gol é Necessário: 13 Maneiras de Ver um Canário, 179
Poeta do Dia: Wallace Stevens: Dominação do Negro, 183
Bar do Ponto: Ab Ovo, 184
Pipiripau: Password in Heaven, 185
Grafite: Bilhetes Trocados, 185
Suplemento Infantil: O Instrumento é Necessário, 186
Coriscos: Coriscos na Serra, 187

12

Artigo Indefinido: Cinema Homérico, 191
O Gol é Necessário: Adoradores da Bola, 194
Poeta do Dia: Jorge Luis Borges: Le Regret d'Héraclite, 197
Bar do Ponto: Inverno com Tudo, 197
Pipiripau: Operários: Hora da Marmita, 198
Grafite: Amnésia, 198
Suplemento Infantil: Apollinaire, 199
Coriscos: Coriscos no Acaba Mundo, 199

13

Artigo Indefinido: O Poeta que se Foi, 203
O Gol é Necessário: O Tempo Passa!, 205

Poeta do Dia: Emily Dickinson: Poema, 208
Bar do Ponto: O Penúltimo, 209
Pipiripau: Noël, 210
Grafite: Sonoroso, 210
Suplemento Infantil: C. S. Lewis, 211
Coriscos: Coriscos no Parque, 211

14

Artigo Indefinido: Uma Túnica de Várias Cores, 215
O Gol é Necessário: Círculo Vicioso — 1959, 225
Poeta do Dia: e. e. cummings: Onde Jamais Viajei, 225
Bar do Ponto: Cadê, 226
Pipiripau: Antropo Lógico, 227
Grafite: Fatum, 228
Suplemento Infantil: Salada Japonesa, 228
Coriscos: Coriscos no Parque, 228

15

Artigo Indefinido: García Lorca, 233
O Gol é Necessário: Nostalgia, 241
Poeta do Dia: Juan Ramón Jiménez: Música, 242
Bar do Ponto: Milho e Cachaça, 243
Pipiripau: Rosa e JK, 244
Grafite: Bar Calypso, 244
Suplemento Infantil: Oriental, 245
Coriscos: Coriscos no Parque, 245

16

Artigo Indefinido: Pedro Nava, 249
O Gol é Necessário: Copa 1974, 254
Poeta do Dia: García Lorca: De "Mariana Pineda", 258
Bar do Ponto: Casa Mineira, 260
Pipiripau: Nomes de Países Onde as Aves se Entendem, 261
Grafite: Chão de Estrelas, 261
Suplemento Infantil: Tríduo de Partido-Alto, 262
Coriscos: Coriscos no Acaba Mundo, 262

17

Artigo Indefinido: Juan Ramón Jiménez e a Vila, 265
O Gol é Necessário: Bate-Pronto, 274
Poeta do Dia: Eugenio Montale: Descanso ao Meio-Dia, 275
Bar do Ponto: Moça Bonita, 276
Pipiripau: O Herói, 276
Grafite: Atento Sou, 277
Suplemento Infantil: Oriental, 277
Coriscos: Coriscos no Bairro dos Funcionários, 278

18

Artigo Indefinido: Um Poeta-Fazendeiro, 281
O Gol é Necessário: Acidente em Belô, 284
Poeta do Dia: Alfonsina Storni: Dor, 285
Bar do Ponto: Quá!, 287
Pipiripau: Vive le Roi!, 287
Grafite: Provérbio do Purgatório, 288

Suplemento Infantil: Haicai, 288
Coriscos: Coriscos na Floresta, 288

19

Artigo Indefinido: Festival da Canção, 293
O Gol é Necessário: Pok-Tai-Pok, 296
Poeta do Dia: Stephen Spender: Pesquisa Espiritual, 297
Bar do Ponto: Brasil Avenida, 298
Pipiripau: Blues, 299
Grafite: Bleu Blanc Rouge, 300
Suplemento Infantil: Bandeira 2, 302
Coriscos: Coriscos no Bairro dos Funcionários, 303

20

Artigo Indefinido: Bernard Shaw, 307
O Gol é Necessário: Descanso de Futebol, 309
Poeta do Dia: W. H. Auden: Balada de uma Donzela, 311
Bar do Ponto: Sturm und Drang, 315
Pipiripau: Réplica para Sérgio Corazzini, 315
Grafite: Cantiga de Nibelungo, 316
Suplemento Infantil: Profissão: Menino, 319
Coriscos: Coriscos no Parque, 319

Posfácio — Leandro Sarmatz, 321

Este livro pode ser folheado num lindo dia de chuva, à falta duma boa pilha de revistas antigas.

*E mandou fazer para ele uma comprida túnica de
várias cores, tipo camisão.*

Gênesis, 37, 3

*Dessous le flamboyant qui couvre l'herbe nue
d'un dôme violet où je vous vois encore
fraîche comme l'eau vive en un brûlant décor,
Jeanne aux yeux ténébreux, qu'êtes-vous devenue?*

Paul-Jean Toulet

1

Artigo Indefinido
O CÂNTICO DOS CÂNTICOS

O Gol é Necessário
O GOL É NECESSÁRIO

Poeta do Dia
MORGENSTERN: PRIMEIRA NEVE

Bar do Ponto
TREM DE FERRO

Pipiripau
O INDISPENSÁVEL

Grafite
ANFIGÚRICO

Suplemento Infantil
DE MANHÃ: STEVENSON

Coriscos
CORISCOS NO ACABA MUNDO

ARTIGO INDEFINIDO

O Cântico dos Cânticos

Por sorte da herança literária, em tempos remotos o Cântico dos Cânticos foi atribuído a Salomão, tendo ingressado no Antigo Testamento, não sem relutância dos canonistas.

Os judeus, que leem o Cântico dos Cânticos na sinagoga durante a Páscoa, interpretam-no como alegoria entre as relações de Jeová com a terra de Israel: a comunidade é uma bela jovem amada pelo Senhor; ela deve percorrer os caminhos certos, de acordo com os ensinamentos dos pastores e guias das gerações, ensinando aos filhos, comparados a filhotes de cabras, as portas da sinagoga e da escola.

Os cristãos exigem ainda mais do contraponto alegórico: o noivo do poema é o Cristo, a noiva é a Igreja, Corpo Místico, ou a alma do crente; a irmã sem peitos representaria os Gentios.

Durante os primeiros séculos, os eruditos viram no poema um auto dramático com quatro figuras parlantes: o noivo, a noiva e os grupos acompanhantes respectivos.

Quatrocentos anos d.C. surgiu a primeira tentativa de visão secular: o Cântico seria uma explosão lírica de Salomão, em defesa de uma princesa egípcia com a qual se casou, para contrariedade do povo, por ser ela de cor escura. O autor da teoria foi anatematizado.

No século XVIII, o poeta Herder teve um estalo: o opúsculo seria uma coletânea de canções de amor independentes. A crítica do século seguinte, no entanto, retornaria à interpretação da estrutura do livro como ato dramático. A heroína seria uma camponesa do harém de Salomão; ela manifesta às damas da corte sua paixão por um pastor de ovelhas, e sua constância de sentimento acaba lhe valendo a liberdade e o fim-feliz. Essa teoria tem buracos graves nos quais o leitor cairá se não usar as asas da imaginação.

Em 1873, um cônsul prussiano em Damasco revelava o resultado de uma fina intuição antropológica: observando costumes matrimoniais dos camponeses sírios, deduziu que o Cântico dos Cânticos seria, substancialmente, uma coleção de cantigas cantadas originalmente nesses festejos. Admitida a autenticidade do paralelismo, a interpretação de Wetstein — era o nome do cônsul — é luminosa e, como sempre, parece espantoso que ninguém tenha chegado antes a essa conclusão. Os eruditos não demoraram muito a prestigiá-la, nos últimos anos do século passado. A própria Enciclopédia Britânica mudou sua opinião externada há cem anos, adotando o juízo crítico que se formou a partir das observações de Wetstein, que ela resume: durante os sete primeiros dias de casamento dos camponeses sírios, o noivo faz-se de rei e a noiva de rainha, e assim são obsequiados pela comunidade; os casamentos se realizam quase sempre em março, o mais belo mês na Síria, quando findam as chuvas de inverno e a vegetação rebenta. Noivo e noiva acordam reis no primeiro dia, antes de nascer o sol; nos outros dias as festividades começam à tarde e se prolongam até a noite, à luz de archotes e fogueiras. Um dos padrinhos do noivo canta canções de guerra e de amor. O casal senta-se ao trono, trazido pelos homens, assistindo a uma grande dança, com acompanhamento de canções, nas quais se celebram as perfeições físicas dos nubentes. O noivo é descrito da cabeça aos pés; a noiva, dos pés à cabeça. Outro ponto é a dança de espada do noivo. Os nomes de Salomão e da Sulamita seriam justificados como referências figurativas ao rei hebreu e a Abisague, a Sulamita do Livro dos Reis, "a mais bela entre as mulheres", a mesma que aqueceu no leito a velhice do rei Davi, e que passou, de pai para filho, ao harém de Salomão.

Os exames posteriores nessa linha de interpretação mostram semelhanças essenciais entre o Cântico e as canções sírias: semelhanças de imagens; as mesmas referências às "filhas de Jerusalém"; indicações iguais de que a mesma pessoa fala de lugares diferentes; repetições de palavras e frases, sobretudo nos refrões.

O Cântico dos Cânticos teve provavelmente assentada sua redação atual no período grego, isto é, depois de 332 a.C. A teoria é geralmente aceita, mas é claro que os eruditos e os inventivos não vão largar um prato como esse. Um deles tentou, há cinquenta anos, uma aproximação engenhosa com as canções do culto de Tammuz-Ishtar, cantadas em Jerusalém no tempo de Manassés. Robert Graves prefere ver nessa cantiga erótica os amores de um Dionísio (dos primitivos quenitas de Israel) por sua irmã gêmea, a noiva de Maio. Aliás, o mesmo autor, catando filologias tresmalhadas, tenta convencer-se de que as "pequenas raposas" não passavam de Amanita muscaria, uma espécie psicodélica de cogumelos. O certo é que os olhos do cônsul abriram os nossos: tudo fica mais nítido no Cântico quando se tem em mente uma cantiga de esponsais, um bailado dramático, a exemplo de tantos que, acrescentados e modificados, existem ainda hoje no Brasil e em outros países. Um bailado nosso, por sinal, evoca uma rainha de Angola morta no século XVII — e por aí já avaliamos que tempos vertiginosos sopram no movediço terreiro folclórico.

O Cântico dos Cânticos, portanto, é uma sequência de amor humano. Certo. Contudo, nem assim precisamos, ou devemos, abrir mão das margens de conotação mística; podemos aceitar com simplicidade o ponto de vista de um santo medieval, que enxergou no falso canto salomônico uma aspiração da alma para Deus, além da lei e da razão.

Com um antropologista moderno, Joseph Campbell, podemos aprender que o excruciante conflito entre a razão e a paixão foi uma fonte de ansiedade cristã, desde o princípio. Por último, podemos nos socorrer da agilidade de Mário de Andrade, quando, escrevendo sobre outro tema, aponta a permanência do elemento místico das danças dramáticas populares, dizendo que até cantos de trabalhos, tão logicamente explicáveis por si mesmos, se mesclam de misticismo. No caso do Cântico, o próprio Bossuet admitia as duas visões, a profana e a mística. Além disso, e é estranho que ninguém se agarre nisso, o próprio texto do Cântico aproxima literalmente os clarões do amor humano com as chamas do amor divino.

Traduzir o Cântico dos Cânticos sem infraestrutura e sem instrumentos de voo, sem saber patavina do original, é uma sandice. Mas é também um fascinante quebra-cabeça: para quem enxerga, o labirinto é aterrador, mas, para o cego, tudo neste mundo é labirinto. É o nosso caso. Assim, fomos em frente, lembrando-nos das noites numerosas que passamos em quartos de hotel na companhia da Sulamita, ela à espera sempre na cabeceira, em línguas,

vestidos e conteúdos diversos, mas que nos pareciam sempre apra-
zíveis: e, em nossa santa ignorância, mais ou menos fiéis.

Agora sabemos que não há nada mais incerto do que uma
tradução do Cântico: trata-se de uma semiologia que perdemos,
que os tradutores torturaram, que os exegetas violaram. Mas o
prestígio emocional dessas imagens é tão arrebatadamente forte
que elas suportam as erosões hermenêuticas, as falsificações pu-
dentes, as idiossincrasias dos literatos, o pedantismo culto dos
eclesiásticos; e talvez a nossa cegueira. Partimos da comparação de
várias traduções para uns poucos idiomas. Razão tem quem falou
isto ou coisa parecida: a Bíblia nasceu para a língua inglesa. E,
Deus do céu, como é fluida e distante do concreto e enrolada a
linguagem poética dos eruditos portugueses! E como são empeder-
nidamente lógicos — sobretudo diante de um texto mágico — os
sábios da França! Por fim, talvez seja útil à compreensão do poema
saber pelo menos umas coisinhas: a mandrágora é uma planta
(parente da batata) que serviu na Antiguidade como emético, como
narcótico (antecipou o clorofórmio nas cirurgias), como afrodisía-
co e como auxiliar da fertilidade feminina; o Senir (ou Hermom),
a mais alta montanha da Síria, inspirou muitas imagens a poetas
hebreus; o cálamo fornece um óleo aromático; o nardo é um un-
guento perfumado, de alto preço, originário da Índia; o que preferi
traduzir por "flores alvas da Pérsia" é uma planta chamada hena,
cujas folhas eram usadas na fabricação de cosméticos e de tintas
para pintar unhas, cabelos e até barbas; Gileade, na base do Senir,
era um território cheio de carvalhos, pinheiros e ricas pastagens,
entre o Jordão e o deserto.

Para facilitar a leitura, seguimos o esquema dramático da
King James Version, eliminando a divisão de cenas.

Sulamita — Beije-me ele os beijos de sua boca: Pois teu amor

*é melhor do que o vinho. Teus óleos são de boa fragrância. Teu
nome é um óleo que se entorna; por isso as donzelas te amam.*

Filhas de Jerusalém — *Leva-me contigo, vamos sofrer.*

Sulamita — *O rei me fez entrar nos seus aposentos.*

Filhas — *Por ti nos alegraremos, sabendo que teu amor é melhor do que o vinho. Mereces ser amada.*

Sulamita — *Sou trigueira, mas bonita, ó filhas de Jerusalém,
como as tendas de Quedar, como os pavilhões de Salomão. Não
olheis para o eu ser morena, porque o sol me tisnou. Brigaram comigo os filhos de minha mãe: puseram-me de vigia nas vinhas, eu
que não vigiei a minha própria vinha. Conta-me, amado de minha
alma, onde te recostas pelo meio-dia, quando repousas teu rebanho, para que não me ponha a andar como perdida entre os reba-
nhos dos teus companheiros.*

Salomão — *Se não o sabes, ó mais bela entre as mulheres, segue as pegadas do rebanho e leva as tuas crias para perto das caba-
nas dos pastores. Eu te comparei, minha amiga, a uma égua atrela-
da ao carro do faraó. Lindo é o teu rosto entre as tranças, é o teu
pescoço num colar de joias. Nós te faremos argolas de ouro e prata.*

Sulamita — *Estava o rei à mesa quando o perfume do meu
nardo se fez sentir. Meu amado é para mim um feixe de mirra, que
vai dormir entre os meus seios. Meu amado é para mim um ramo
de flores alvas da Pérsia nas vinhas de Engadi.*

Salomão — *Vê como és bonita, amiga minha, como és bonita! Pombas são os teus olhos.*

Sulamita — *Vê como és bonito, amado meu, como és bom! E
é verde também a nossa cama. De cedro são as vigas de nossa casa,
e os nossos caibros são de abeto.*

Sulamita — *Sou uma flor da praia, uma açucena do vale.*

Salomão — *Como açucena entre espinheiros é minha amiga
entre as moças.*

Sulamita — Como macieira entre as árvores da mata é meu amado entre os moços. Tanto tempo desejei sentar-me à sua sombra, e seu fruto era doce à minha boca. Ele me fez entrar na sala do vinho, e seu estandarte sobre mim era o amor. Sua mão esquerda me segura a cabeça, e a direita me abraça. Eu vos conjuro, filhas de Jerusalém, pela fêmea da gazela e pela corça do campo, que não tenteis despertar meu amor, até que se desperte por si. Ouço a voz do meu amado. Ei-lo que vem grimpando pelas montanhas, saltando sobre as colinas. Ei-lo aí a espiar pelas janelas, a espreitar pelas treliças. Disse o meu amado: "Levanta-te, minha bela, amiga minha, e vem. O inverno acabou, já se foram as chuvas: surgiram as flores e já se ouviu a voz da rola em nossa terra. Os figos começam a madurar, a vinha em flor exala seu aroma. Levanta-te, minha bela, amiga minha, e vem. Pomba minha, aninhada nas fendas da pedra, abrigada nas escarpas, mostra-me o teu semblante, quero ouvir a tua voz; pois doce é tua voz, e lindo é teu semblante".

Irmãos — Pega as raposas, as pequeninas raposas que estragam as vinhas, porque nossa vinha já deu flor.

Sulamita — Meu amado é meu, e dele eu sou, ele que pastoreia entre açucenas. Quando soprar a aragem do dia e as sombras se inclinarem, volta, meu amor, como cabrito montês ou cervo novo, volta pelas montanhas escarpadas.

Busquei de noite na cama o amado de minha alma. Busquei, mas não o achei. Disse para mim mesma: Vou levantar-me e rodar a cidade, vou procurar pelas ruas e pelas praças o amado de minha alma. Busquei, e não o achei. Acharam-me os guardas que rondam a cidade, e eu lhes disse: "Vistes porventura aquele que a minha alma ama?". Mal me adiantara deles poucos passos, achei o amado de minha alma. Segurei-o e não mais o larguei, até que o fiz entrar na casa de minha mãe, e o levei para o quarto de quem me concebeu. Eu vos conjuro, filhas de Jerusalém, pela fêmea da *gazela e pela corça do campo, que não tenteis despertar meu amor, até que se desperte por si.*

Filhas — *Que é aquilo que vem subindo do deserto como coluna de fumo de mirra e incenso e dos talcos perfumados dos mercadores? Eis que é a liteira de Salomão, rodeada por sessenta homens valorosos de Israel. Peritos na guerra, estão todos armados, com suas espadas pendentes das coxas, por causa dos terrores da noite. O rei Salomão fez para si um palanquim de madeira do Líbano; fez-lhe as colunas de prata, o recosto de ouro, o assento de púrpura; o interior foi amorosamente arrumado pelas filhas de Jerusalém. Saí para ver, ó filhas de Sião, o rei Salomão com a grinalda que a mãe lhe teceu no dia de seu casamento, no dia da alegria de seu coração.*

Salomão — *Vê como és bonita, minha amiga, como és bonita! Teus olhos são pombas atrás do teu véu. Teus cabelos são como um rebanho de cabras descendo os flancos de Gileade. Teus dentes são um rebanho de ovelhas saídas do banho, todas com gêmeos, e nenhuma é estéril. Teus lábios são um fio escarlate, e suave é tua boca. Romã partida são tuas faces atrás do véu. Teu pescoço é a torre de Davi, erguida para baluarte, e dela pendem mil escudos, as couraças dos homens de valor. Teus seios são crias gêmeas da gazela, a pastorear entre açucenas. Quando soprar a aragem do dia e as sombras se inclinarem, irei ao monte da mirra, à colina do incenso. És toda bonita, minha amiga, em ti não há defeito. Vem do Líbano, minha noiva, vem a mim: vem olhar do alto do Amaná, do cume do Sanir, do antro dos leões, das montanhas dos leopardos. Partiste meu coração, minha irmã, noiva minha, partiste meu coração com um só de teus olhos, com um só anel de teus cabelos. Como são bonitos os teus seios, minha irmã, noiva minha! São melhores do que o vinho. Melhor do que o bálsamo é a tua fragrância.*

Teus lábios, noiva minha, gotejam mel; o mel e o leite ficam debaixo de tua língua; o aroma de teus vestidos é como o aroma do Líbano. Jardim fechado é minha irmã, minha noiva, jardim fechado, fonte selada; é um bosque de romãzeiras, com frutos preciosos, as flores alvas da Pérsia, os nardos, o açafrão, o cálamo, o cinamomo, as plantas odorantes, a mirra, o aloé, as melhores balsâmicas. Fonte de jardim és, poço de águas vivas, arroio do Líbano.

Sulamita — Levanta-te, vento norte; vem, vento sul: varrei meu jardim para que se desatem os seus perfumes. Venha o meu amado ao seu jardim, para comer seus frutos preciosos.

Salomão — Entrei no meu jardim, minha irmã, noiva minha. Já colhi minha mirra, minhas ervas perfumadas. Comi meu favo de mel, bebi meu vinho e meu leite. Comei, amigos, bebei e embriagai-vos, queridos.

Sulamita — Durmo, e o coração vela. Essa é a voz do meu amado. Ele bate, dizendo: "Abre-me, minha irmã, amiga minha, pomba minha, imaculada minha: minha cabeça está coberta de orvalho e gotas da noite escorrem dos meus cabelos". Já despi minha túnica: como irei vesti-la? Já lavei os meus pés: como irei sujá-los? Meu amado enfiou a mão pela fresta da porta; minhas entranhas ficaram alvoroçadas. Levantei-me para abrir ao meu amado, e de minhas mãos evolava mirra, e mirra líquida escorria de meus dedos nos punhos da tranca. Abri ao meu amado, mas ele já se afastara, fora-se embora. Busquei, e não o achei. Gritei, e não me respondeu. Acharam-me os guardas que rondam a cidade, me bateram, me machucaram; arrancaram minha manta os guardas da cidade. Eu vos conjuro, filhas de Jerusalém: se encontrardes meu amado, saiba ele que estou morrendo de amor.

Filhas — Por que seria teu amado mais que os outros amados, ó mais bela entre as mulheres? A quem chamas de amado entre os amados, para assim nos conjurar?

Sulamita — Meu amado é claro e corado, o melhor entre dez

mil. Sua cabeça é ouro puro. Seus cabelos ondulam como ramos de palmeira, e são pretos como o corvo. Seus olhos são pombos à beira d'água, lavados em leite, muito bem-postos. Suas faces são um canteiro de ervas balsâmicas. Seus lábios são lírios, e deles escorre a mirra. Suas mãos são de ouro torneado com enfeites preciosos. Seu ventre é trabalho de marfim guarnecido de safiras. Suas pernas são colunas de mármore, plantadas em pedestais de ouro. Seu aspecto é como o Líbano, favorecido como o cedro. Suavíssima é sua boca. E todo ele é amorável. Este é o meu amado, este é o meu amigo, ó filhas de Jerusalém.

Filhas — Para onde foi o teu amado, ó mais bela entre as mulheres? Para onde se virou o teu amado? Iremos procurá-lo contigo.

Sulamita — Meu amado desceu para o seu jardim, para o canteiro de ervas perfumadas, para apascentar o rebanho, para colher açucenas. Meu amado é meu, e dele eu sou, daquele que pastoreia entre açucenas.

Salomão — És bela, amada minha, como Tirza, linda como Jerusalém, terrível como um exército em bandeiras. Afasta de mim os teus olhos, que eles me alarmam. Teus cabelos são um rebanho de cabras descendo pelos flancos de Gileade. Teus dentes são ovelhas saídas do banho, todas elas com gêmeos, e nenhuma é estéril. Romã partida são as tuas faces atrás do véu. São sessenta rainhas, oitenta concubinas, inúmeras donzelas. Uma só é a minha pomba, a minha perfeição, a preferida de quem a deu à luz. Viram-na as donzelas e a disseram felizarda; viram-na as rainhas e concubinas, e a louvaram.

Filhas — Quem é esta que vem olhando de cima como aurora que se levanta, linda como a Lua, pura como o Sol, terrível como um exército em bandeiras?

Sulamita — Tinha eu descido para o jardim das nogueiras, para olhar as frutas do vale, para ver se a vinha tinha dado flor, se as romãzeiras tinham brotado. E aí, antes que desse por mim, meu coração de moça me levara para ver de perto um cortejo.

Filhas — Volta, volta, Sulamita; volta, volta, para que te contemplemos.

Sulamita — Por que olhar para a Sulamita como se fosse uma dança de guerra?

Salomão — Como são bonitos os teus pés nas sandálias, ó filha de príncipe! As juntas de tuas coxas são joias das mãos do artífice. Teu umbigo é taça redonda, a que não falta vinho. Teu ventre é monte de trigo rodeado de açucenas. Teus seios são crias gêmeas de gazela. Teu pescoço é a torre de marfim. Teus olhos são as piscinas de Hesebom, junto à porta Filha da Multidão. Teu nariz é a torre do Líbano, que olha para Damasco. Tua cabeça é o Monte Carmelo. São fios de púrpura os teus cabelos; o rei está preso nas tuas ondas. Como és bonita, como és boa, amada, na hora das delícias! Teu talhe lembra a palmeira, e teus seios são cachos de tâmaras. Tornem-se para mim os teus seios como cachos de uvas; torne-se teu hálito fragrância de maçã, e a tua boca como o melhor vinho, a escorrer suavemente dos lábios do adormecido.

Sulamita — Sou do meu amado, e é para comigo seu desejo. Vem, amado meu, vamos sair para o campo, vamos dormir na cabana, vamos acordar cedo para ver se a vinha brotou, se a flor se abriu, se a romãzeira floriu. Lá te darei os meus seios. Já se percebe no ar o perfume da mandrágora. À nossa porta estão frutas excelentes, novas e antigas; que guardei para o meu amor. Quem me dera que fosses meu irmão, que tivesses mamado aos peitos de minha mãe: se te encontrasse lá fora, poderia te beijar, sem que ninguém se importasse. Quero te levar, vou te fazer entrar na casa de minha mãe, onde me ensinarás tudo. Vou te dar um vinho temperado, feito do sumo de minhas romãs. Sua mão esquerda me segura *a cabeça, a direita me abraça. Eu vos conjuro, filhas de Jerusalém, que não tenteis despertar meu amor, até que se desperte por si.*

Filhas — *Quem é esta que sobe do deserto, reclinada em seu amado?*

Salomão — *Debaixo da macieira te desperto. Ali tua mãe esteve em dores contigo, ali te concebeu.*

Sulamita — *Põe-me como um selo sobre teu coração, como um selo sobre teu braço: porque o amor é forte como a morte. E a paixão é cruel como o inferno. São clarões de fogo seus clarões, a mesma chama do Senhor. Muitas águas não bastam para apagar o amor, nem as tormentas podem afogá-lo na correnteza. Se um homem desse todos os seus haveres em troca de amor, seria mesquinho, porque nada teria dado.*

Irmãos — *Temos uma irmã pequena, que ainda não tem peitos. Que faremos pela nossa irmã quando ela for conversada? Se for um muro, vamos construir sobre ela um torreão de prata; se for uma porta, vamos bloqueá-la com tábuas de cedro.*

Sulamita — *Sou um muro, e torres são os meus peitos: assim, diante de seus olhos, fui alguém que encontra a paz. Salomão tinha um vinhedo em Baal-Hamon e o arrendou; recebia de cada um mil moedas de prata. Pois diante de mim está o meu vinhedo, aquele que é meu: mil moedas para Salomão e duzentas para quem cuida de seus frutos.*

Salomão — *Ó tu, que vives no jardim, os amigos chegaram e querem ouvir a tua voz. Deixa-me ouvi-la.*

Sulamita — *Corre, meu amado, como cabrito montês ou cervo novo, corre pelos montes perfumados.*

O Gol é Necessário

No futebol, o gol é o pão do povo. Quando dava gol em nossos campos, o torcedor pegava o seu pão no estádio aos gritos de contentamento e ficava a saboreá-lo com os amigos durante uma semana. A gestação do gol era tão séria que os jornais publicavam nos dias seguintes o seu diagrama.

O torcedor não mudou, continuando como sempre com fome de gol: mudou o futebol. Vai-se tornando avaro esse esporte, pois, vivendo às custas do consumidor, nega a mercadoria pela qual este paga, não à vista, mas antes de ver: gols. O homem da arquibancada, sequioso dos tentos de seu clube, é ainda o único homem-gol, pois o presidente do clube, os vice-presidentes, o tesoureiro, os conselheiros, o diretor de futebol e seus parentes, os beneméritos, o técnico, o médico, o massagista, o roupeiro, todos eles se batem com unhas, dentes e risquinhos no quadro-negro pelo futebol das trincheiras, à base de contra-ataques, o futebol sem a mácula do gol, amarrado, aferrolhado, no qual os jogadores não devem jogar propriamente, mas construir um muro onde a bola chutada pelo adversário repique e retorne: uma nova modalidade da pelota basca com frontão.

O técnico não precisa, e nem é aconselhável, entender de futebol: preferível que seja um duro mestre pedreiro, capaz de construir em campo o muro que impeça a bola de passar. Os jogadores, reduzidos à condição de tijolos e reboco, não precisam ter habilidade: preferível que sejam uns manguarões quadrados, limitando com abundância de espaço material as possibilidades de penetração da bola. E assim, após cada jogo, babam-se de vaidade ao microfone os generais dessa batalha sem tiros: o time que eles comandam ganhou de um a zero, ou só perdeu de um a zero, ou o resultado ficou num zero a zero oco, demonstrando que o futebol moderninho atingiu o máximo da perfeição negativa: o marcador em branco, o plano da alimentação popular sem alimento, o jardim sem plantas, o viveiro sem passarinhos, o véu da noiva virginalmente alvo.

Quando o futebol começou, o goleiro ficava em solidão debaixo dos paus e dez eufóricos iam para a frente mandar brasa. O bom senso descobriu os zagueiros, acabando com essa guerra campal; mais tarde, o centromédio, que era um sexto atacante, recuou para ajudar mais a defesa; foram os australianos, dizem, os primeiros a transformar um atacante em defensor; os suíços, de pouca intimidade com objetos redondos, criaram em 1950 o famoso ferrolho, revelando aos boquiabertos dirigentes do mundo esportivo que um time medíocre pode endurecer uma partida desigual e perder de pouco. Aí, a aritmética defensiva começou a pular na cabeça dos matemáticos do futebol: o 4-2-4, o 4-3-3, o 4-4-2, o 5-4-1, o 5-5-0...

Há cerca de dez anos, os húngaros abandonaram a equação defensiva e organizaram um conjunto ofensivamente elástico, que, deixando o campo vencedor de seis a quatro, sete a três, e outros resultados generosos, ensinou de novo ao mundo que o gol é a alegria do povo. Pouco depois o Santos fazia a mesma coisa, e deixou de ser apenas o clube de Vila Belmiro para virar o clube à parte no carinho de todos os brasileiros fiéis ao futebol produtivo mas bonito.

POETA DO DIA: CHRISTIAN MORGENSTERN

Primeira Neve

Dos vales de gris argênteo
            chega à mata de inverno
uma corça
        airosa
            esguia
                cautelosa
                    passo
                        a
                            passo
e
    prova   *infinita*
a   *graça*
    neve   *tua*
pura   *na*
    fria   *ti*
que   *em*
    cai   *penso*
do   *eu*
    céu   *e*

Trem de Ferro

A infância era ferroviária. Meninos de meu tempo iam ser maquinistas. Pé descalço no calor do trilho. Cabeleira de capim esvoaçando. Pontilhões me enternecendo. Os êmbolos poéticos do espaço ferroviário. Minha fantasia não era morada de entes sobrenaturais. Máquinas eram sobrenaturais. Sonhos engrenados pelo homem cabiam em nossa medida. Entro no túnel com o sobressalto musical de quem começa um improviso. A penumbra, menos inteligível, mais alusiva que a luz. Divaga nessas entranhas um divertimento perverso de túmulo. Mas a boca de saída berra pelo sol.

A ferrovia tornava possível o possível. Materializava o menino. Os trilhos faziam um caminho à perplexidade. Prometiam convivência, exaltação, aromas, cidades, canções, e alguma solidão admirável.

Existi por antecipação. Olhava carregador, operário, menino do pastel. Pasmado, erguia a cara para o chefe do trem. O sino repicava à entrada do monstro. Passava um tempão espiando o desvio automático. Me falava de outro mundo o pica-pau do telégrafo. Trocaria minhas moedas pela lanterna que o gigante de impermeável esburacado carregava na tarde de aguaceiro. Meus dedos roçavam as garras do limpa-trilhos. Não é só ver pra viver. Sentir na pele a locomotiva. Sujar-me de graxa e carvão. Fui foguista. Guarita. Engate. Luz na curva. Sem saber até hoje decompor esse sortilégio. Quase consumido, subo os vagões sem dizer nada, encantado ainda.

PIPIRIPAU

O Indispensável

1) Homem indispensável jamais recusa serviço.
2) Homem indispensável faz trabalho de meia dúzia.
3) Homem indispensável não pede aumento.
4) Homem indispensável não cobra horas extras.
5) Homem indispensável é contra greve.
6) Homem indispensável almoça sanduíche.
7) Homem indispensável leva garotada de chefe ao parque de diversões.
8) Homem indispensável não tira férias.
9) Homem indispensável adoece mas não fica na cama.
10) Homem indispensável dispensa flores no enterro dele.

GRAFITE

Anfigúrico

Nunca pôde fluir calma
minh'alma rumor de fonte
duma carranca bifronte:
rosa/rinoceronte.

SUPLEMENTO INFANTIL

De Manhã:
R. L. Stevenson

Saltando do ninho
um passarinho
de carinha amarela
pintou na janela,
piscou os olhinhos, esfregou-se um pouco e me disse: "Na cama até
esta hora!".
Que vexame! Já pra fora,
seu dorminhoco!

CORISCOS

Coriscos no Acaba Mundo

Somos uns porquinhos: e o Senhor nos cria, engorda e mata.
Quant à moi je rêve: je m'achève.

2

Artigo Indefinido
AMIGOS IMPLACÁVEIS

O Gol é Necessário
BOTAFOGO DOS BOTAFOGOS

Poeta do Dia
HUGHES: O NEGRO

Bar do Ponto
PROCISSÃO DO DESENCONTRO

Pipiripau
DUPLEX

Grafite
SOL E SOMBRA

Suplemento Infantil
MATEMÁTICA

Coriscos
CORISCOS NA SERRA

Artigo Indefinido

Amigos Implacáveis

Dois velhinhos amigos desde sempre em Parati. Paraty. Baixinho um, outro altão. Um branquelo, outro quase escuro. Um PTB, outro UDN. Um aposentado dum APIS, outro aposentado dum IPIS. Um de ouvido mouco, outro, gaguinho, falando mais que pobre na chuva. Um só caldo de cana, outro bi... biritava. Um Tãozinho, outro seu Albérico. Um e outro pintavam logo depois do sol no banco da praça. Iam remando no arrasto da prosa, espiando os taperás. Hoje é a boia na casa de um, amanhã na casa de outro. Um apreciava uma sapituca, abrindo com "Quero essa" azul, outro às vezes nem caldo de cana. Depois é a tarde vagarenta portando no banco da prosa. Sereno tomba, boa-noite, boa-noite, mingau, berço. Um dormia que só vendo, outro mal, coisa da bexiga preguiçosa. Manhã seguinte, banco e aquela fartura de assunto: boi, curió, que nunca vi outro assim (jamais!), almas, truco de flor, boi, perna perrengue, festa do Divino quando seu Albérico foi imperador, barganha da espingarda pela chaleira, festança de bodas em Angra, quebradeira de 30, revolução, rapariga muito saída, carcamano do curtume, falta de ar, boiada triste, filharada, viuvez, sanfona de luarão, boiada beleza, menina-moça encrencada. Cidade sorria passando, só pensando. E até parou de sorrir: velhinhos lá estavam firmes como a igreja de Santa Rita batida em setecentos e pico pelos mulatos livres. Foi um dia o APIS caiu numa suspiração chiada. E babau! Repentino ali na praça. A cidade sorriu de novo mas encalistrada. IPIS virou boneco increnque no banco. E eis senão quando menos de três semanas do funeral IPIS teve um troço feito APIS. Babau! Pois é. Morreu, ora, porque um é luz que alumia o outro. Porque um pode ser céu do outro. Porque um era até diabo do outro. Uai, Mané, morreu porque um era o outro.

O GOL É NECESSÁRIO

Botafogo dos Botafogos

Eu me assentarei nas arquibancadas para sofrer noventa minutos; mas a sua vitória será doce como os frutos. A sua ala esquerda pode desferir chutes indefensáveis, e a sua ala direita é mais insinuante do que o vento.

Eu vos conjuro, botafoguenses de todo o Brasil, a comparecer ao Maracanã; para o que der e vier; aquele é o Garrincha, ei-lo que vem como um cabrito montês, saltando os obstáculos; eis que entra na área adversária, causando um pânico formidável.

Se o Botafogo entrar bem, eu andarei pelos bares da praia

até que assopre o dia e declinem as sombras: jardim fechado será a sua defesa, jardim fechado, fonte selada; Nilton Santos é como o aquilão, assoprando de todos os lados; e muito difícil será contê-lo. Dorme, Adalberto, ele velará o seu sono.

Eis que é Didi batendo à porta do adversário, e dizendo: Abre, Castilho, sou eu; e a sua folha-seca será bonita como um exército carregado de bandeiras; o Botafogo entrou por uma fresta e as entranhas do Fluminense estremeceram.

Os tricolores fecharam a porta com um pesado ferrolho; mas o Botafogo já tinha se ido, e era já passado a outra parte. O meu time é alvo e negro, e possui uma estrela solitária. Suas vitórias são melhores que o vinho; seus campeonatos são como a mirra preciosa.

O Botafogo desceu pela direita, terrível como um exército ordenado; nem todos os cacás do mundo terão forças para detê-lo; quem é este que avança pelo centro como um leão esfomeado? E eis que é o Paulinho abrindo a marcação dos contrários como um leão esfomeado; põe o teu selo sobre a leiteria, para que as gerações pronunciem o teu nome com respeito.

*

P. S. — Trecho de uma "crônica" ruim e nervosa que saiu publicada na manhã de 21 de dezembro de 1957 no Diário Carioca. *Ruim, porém profética: no fim da tarde, o Botatogo era o campeão carioca, tendo vencido o Fluminense de 6 a 2, cinco gols de Paulinho Valentim e um de Garrincha.*

POETA DO DIA: LANGSTON HUGHES

O Negro

Sou um negro:
Negro como a noite negra,
Negro como as profundas da África.

Fui escravo:
César me mandou limpar os degraus da sua porta.
Escovei as botas de Washington.

Fui operário:
De minhas mãos se ergueram as pirâmides.
Fiz a argamassa dos arranha-céus comerciais.

Fui cantor:
Da África até a Geórgia
Levei os meus cantos de dor.
Fiz o ragtime.

Fui vítima:
Os belgas cortaram as minhas mãos no Congo.
Estão me linchando no Texas.

Sou um negro:
Negro como a noite negra.
Negro como as profundas da África.

BAR DO PONTO

Procissão do Desencontro

Em Minas era visual a libidinagem. Donzelas e damas dos meus vinte anos eram shelleyanas... mas não assumiam a negativa. Os olhos delas se amarravam nos homens ao mesmo tempo que iam desatando os laços eróticos, assim: *"I can't give you what men call love...* porque papai não deixa". Ou assim: *"I can give you what men call love...* mas meu marido me mata".

PIPIRIPAU

Duplex

Minha duplicidade aqui está: sei desatar muito bem, e culpar, o nó original, inelutável, de que resulta o embrulho dos meus malfeitos. E jamais me ocorre descobrir e apontar as causas, igualmente inelutáveis, dos meus acertos.

GRAFITE

Sol e Sombra

Esta foto, que há muito conservo,

de Edmond Rostand, ele, a mulher, dois amigos,
no alto dum monte ensolarado,
pertence a uma ordem, ou desordem,
de marchas e contramarchas,
de impulsões ou repulsões
que me tornaram incompetente.

SUPLEMENTO INFANTIL

Matemática

O homem diminui à medida que a cidade cresce.

CORISCOS

Coriscos na Serra

Se acaso, por um momento, teu coração, como o de teu pai, ficar vazio, arruma a casa, abre a janela, põe tua roupa nova — para que o vento a caminho, mais uma vez, te arrebate vivo.

*

Fotógrafo de parque faz instantâneo de eternidade.

*

Vinho farto e mulheres limpas consolarão do exílio o estrangeiro.

*

Quem o sono ama, cedo acordará.

*

Não se pode falar que foi sozinha a vida de quem nunca deixou de achar mulher perdida.

3

Artigo Indefinido
WHITMAN

O Gol é Necessário
DIDI, COISA MENTAL

Poeta do Dia
LARKIN: DECEPÇÕES

Bar do Ponto
VASTO HOSPITAL

Pipiripau
ENDEREÇO

Grafite
DISTINGUO

Suplemento Infantil
RETARDADO

Coriscos
CORISCOS NA LAGOINHA

ARTIGO INDEFINIDO

Walt Whitman

No plano mundial, a primeira metade do século XIX vê a independência de vários países latino-americanos, Argentina, Colômbia, México, Peru, Brasil, Venezuela... Desaparece Napoleão. Na segunda metade são fatos capitais a abolição da escravatura e da servidão em vários países, a guerra franco-prussiana, a Comuna, o poder de Bismarck, a prosperidade da Inglaterra vitoriana, a realização da Primeira Internacional, a intervenção francesa no México, a doutrina de Darwin, a filosofia de Hegel... Mas a maior novidade, alimentando a fantasia das massas, continua sendo o Novo Mundo, os Estados Unidos particularmente.

Descobre-se o ouro da Califórnia, estende-se a trama ferroviária, ligam-se dois continentes por um cabo, rasga-se o canal de

Suez, acredita-se ilimitadamente na técnica, na democratização do capital, na máquina, no progresso, na igualdade.

Na Nova York de meados do século passado há uma euforia de reformas, um surto de idealismos espiritualistas, frenologistas, mesmeristas, comunitários... Swedenborg renasce na terra pragmatista; Fourier deixa marca, impressionando mais que tudo um ponto de partida de sua utopia, aquele segundo o qual as paixões são irreprimíveis. Confia-se no poder absoluto da mente.

Nessa cultura efervescente de realismo que se pretende mágico e de mágicas que se pretendem realistas, forma-se o espírito de Whitman. Como cidadão, este era a favor dos movimentos libertários europeus; da liberdade; da democracia; da República; do progresso; da fidelidade ao homem; do amor físico e espiritual; da comunhão entre os homens, as cidades, os Estados e as nações; do negro; do índio. Contra a monarquia, a escravidão, o antissemitismo e todas as formas de racismo. Como poeta, foi a favor e contra os mesmos princípios, mas os revestiu de uma ou várias auras simbólicas.

Na França, na mesma época, Baudelaire queria viver em qualquer lugar, contanto que fosse fora deste mundo. Whitman queria viver nos Estados Unidos, em Long Island, Manhattan ou no Brooklyn, à beira-mar, no alto da montanha, em qualquer lugar, contanto que fosse neste mundo. Leaves of Grass pode ser considerada a bíblia da adaptação ou a carta geográfica da terra prometida: a terra prometida é esta mesma, o globo terrestre, o turbilhão da Broadway, a pedra à beira do arroio, a África, a Ásia, o lugar onde nos encontrarmos. Através do corpo, que é a alma, e através da alma, que é o corpo, o homem se ramifica, aqui e agora, prendendo-se à terra da qual vive, à terra que é sua, que é ele mesmo.

Rimbaud reconheceu em iluminação ferina a alienação do homem: "A verdadeira vida está ausente. Não estamos no mundo".

Whitman já seria um dos tipos raros da humanidade só por este motivo: evangelicamente, dedicou sua força a descobrir os caminhos do mundo, a reencontrar a residência do homem.

Uma circunstância na biografia de Whitman desaponta a posteridade: os dois gênios americanos da segunda metade do século XIX não se conheceram nem tomaram conhecimento um do outro. Herman Melville nasceu exatamente sessenta dias depois de Whitman na mesma cidade de Nova York. Como este, era também descendente de ingleses e holandeses. A publicação de Moby Dick antecede apenas de quatro anos o aparecimento de Leaves of Grass. Frequentemente viveram em localidades próximas ou dentro da mesma cidade. Uma distância de seis meses separa as duas mortes. Apesar das diferenças, tiveram intensos pontos de contato. Não deram a mínima bola um para o outro esses dois renovadores que ficaram atrelados para sempre na história literária.

*

Lincoln combateu os monopólios nascentes como um câncer dentro do tecido democrático. Depois de sua morte, agrava-se o processo de concentração de poder e capitais nas mãos da minoria. A industrialização é uma arrancada repentina, sem comparação histórica. WW sabia que fazer dinheiro era primordial, mas, com o passar do tempo, começava a preocupar-se "com o monstruoso crescimento dos interesses comerciais, e colocou-se cada vez mais ao lado das massas exploradas" (Van Wyck Brooks). Regozijava-se com o telégrafo, a estrada de ferro transcontinental, o progresso da imprensa, a abertura dos canais, a construção de pontes, "tudo aquilo que pudesse destruir barreiras, unir o Ocidente ao Oriente, os credos, as classes, as raças, os costumes, as cores, os idiomas",

mas via por toda parte a degradação do dinheiro, as fraudes eleito-rais, a mesquinharia social, o aviltamento individual. Quando admitiu em 1871 — escreve Robert E. Spiller — que os fatos ame-ricanos não se ajustavam ao ideal do homem democrático, apenas exprime o velho dilema de um mundo novo: Fenimore Cooper ha-via dito a mesma coisa em seu tempo e Sinclair Lewis iria repeti-la no seu. O corpo da nação crescia sem alma. A crise coincide com o seu sentimento do mundo.

Em 1871, reflexo do progresso mecânico e da agonia do idea-lismo democrático, publica Democratic Vistas (*Perspectivas de-mocráticas*)*, em que aponta a corrupção dos Estados, os traidores da "velha causa", ligando o destino americano ao surgimento futu-ro de uma arte e uma poesia nativas.*

Quando faz setenta anos, recebe uma carta pública de Mark Twain, carta que Lewis Mumford considera involuntária piada si-nistra. Nela, o humorista e pessimista do Mississippi fica sério e otimista, ao dizer que Whitman tinha vivido os anos mais grandio-sos da história do mundo, os mais ricos em benefícios e progresso para os povos, arrolando entre essas dádivas o vapor, a siderurgia, a estrada de ferro, o fonógrafo, a fotogravura, o eletrotipo, a luz elétrica, a máquina de costura, a anestesia cirúrgica, a abolição dos escravos, a monarquia finda na França etc. E o ponto crucial: Whitman esperasse mais trinta anos para ver as novas maravilhas. Mumford conclui que as maravilhas realmente vieram sob a forma de aviões e dirigíveis que atacaram cidades indefesas, lança--chamas, gases venenosos.

*

Sandburg cita, por expressiva, a seguinte estória whitmaniana: durante um velório, o poeta ergue do chão uma garotinha que desejava olhar o rosto do defunto. Whitman: "Você não entende isso, não é, meu bem?". E diante da resposta: "Eu também não".

✻

Com Emerson, Thoreau, Whitman e Melville, a nova América reencontrou por vias subterrâneas a infância mística do mundo, que reside na Índia. Thoreau, que foi contra a guerra ao México, prefigura Gandhi, escrevendo em meados do século passado o livro A desobediência civil.

✻

Segundo o biologista moderno Edmund Sinnott, o grande ensinamento da evolução é que o mundo segue para a frente, talvez sem objetivo, talvez para uma alta finalidade, mas sempre para a frente. Essa concepção "pra frente" corresponde por completo à intuição de seu conterrâneo Walt Whitman, cuja visão é prospectiva.

✻

Pela primeira vez, um canto épico é dedicado à indústria, coisa sagrada, para WW; pela primeira vez na poesia, além de capitães e navegadores, engenheiros, arquitetos, construtores, mecânicos, Leaves of Grass é afinal um poema de quatrocentas páginas para celebrar o mundo ante e anticonceitual, a mistura do que parecia originalmente dissociado: o jardim adâmico e a máquina.

✻

Assim como Hegel foi sua leitura filosófica fundamental, acredito que hoje WW ficaria fascinado pela cosmogênese de

Teilhard de Chardin, cuja teoria se apoia na natureza evolutiva do real, isto é, na verificação de que o Universo está sempre para ser criado em torno de nós. Chardin diz que a distribuição, a sucessão e a solidariedade dos seres nascem de sua concrescência em uma gênese comum; que o Tempo e o Espaço se reúnem organicamente para tecer, ambos juntos, o Estofo do Universo; que um protozoário está dentro da trama do Universo e que sua morte altera toda a tessitura da biosfera. Essas sementes filosóficas estão em Whitman, que revive nas palavras forjadas ou modificadas pelo padre jesuíta, tais como caridade evolutiva, cosmicidade, Deus-Ômega, hominizar, otimismo cosmológico, supercriação, Wertstoff e sobretudo o termo amorizar, que é impregnar a evolução e a coletivização humanas de um amor absoluto e pessoal.

✳

O ensaio de D. H. Lawrence sobre WW é estupendo. O "primeiro aborígine branco da América" aceitou a moralidade da alma, a viver sua vida, sem repelir o contato com as outras almas, sem tentar salvá-las. Para Lawrence a verdadeira interpretação da Simpatia de Whitman é esta: "O que minha alma ama, eu amo. O que minha alma odeia, eu odeio. Quando minha alma tem pena, tenho pena. Quando minha alma se afasta, eu me afasto".

✳

As longas enumerações caóticas, os "poemas-catálogos" provocam em dois entusiastas de Whitman reações opostas: para Valéry Larbaud eram fruto da incapacidade de se exprimir, mas para Unamuno eram a realização suprema do lirismo.

✳

Os cenobitas da Tebaida eram muito perturbados, entre outros, por um espírito do mal chamado daemon meridianus, *também conhecido por Acedia e Acídia. Gostando de visitar os eremitas nas horas de sol quente, Acídia era o causador da paralisia espiritual, o tédio do coração, a chateação geral.*

Em nosso tempo, esse demônio perturbou Aldous Huxley, que nele viu o responsável pela tristeza do homem depois do divórcio deste com a natureza, depois da urbanização, do empobrecimento das massas, da morte de Deus, da desilusão democrática, da guerra (Huxley escreve antes da bomba nuclear). Acídia comanda a estagnação das fontes espirituais do indivíduo, das coletividades, da humanidade.

Ora, Whitman dizia: "Sabei, é unicamente para deixar cair na terra os germes de uma religião maior que eu canto". E sentia que a vida é um milagre: "Ver, ouvir, tocar são milagres".

Leaves of Grass é isso: o breviário do milagre da vida contra o poder de Acídia.

O Gol é Necessário

Didi, Coisa Mental

Da Vinci mudou a ótica estética ao dizer que pintura é coisa mental. Didi, mais que ninguém, introduziu no futebol o poder da inteligência. Não foi um espontâneo, um inspirado, um romântico; foi o cerebral, o racionalista, o clássico.

Um Leônidas ganharia dele, fácil, em elasticidade; um Zizinho punha mais malícia em seus movimentos; Nilton Santos tinha classe e esbanjava energia; Garrincha repetia mágicas com as quais Didi não podia sonhar; Pelé é uma vibração muito mais constante e inesperada. Mas nenhum desses craques teve de obter muito da cuca, e foi da força do entendimento que Didi elaborou um futebol geométrico e simplificado. Os outros nascem para jogar futebol; Didi parece ter nascido para criar futebol.

Ficamos amigos quando ele deixou o Fluminense e foi para o Botafogo. Uma contusão no tornozelo atrapalhava a regularidade de suas atuações. Descobriram que o rapaz sofria de amigdalite; ficou bom depois da cirurgia.

O campeonato carioca chegava ao fim. Uma revista pediu-me uma reportagem sobre Didi. Estávamos na véspera da grande final entre Botafogo e Fluminense, quando o empate faria deste último o campeão do Rio. Na manhã do jogo, procurei Didi no Hotel Ipanema. Ali, na rua, marcamos as alternativas: se o Botafogo perdesse, eu telefonaria para uma vizinha do jogador, combinando o encontro para a reportagem; se o Fluminense perdesse, deveria encontrar-me com ele na sede do Botafogo. O time partiria em excursão naquela mesma madrugada. Restava tomar nota do telefone da vizinha, e ele atravessou a rua para buscar um lápis na portaria. Para meu espanto, voltou sobre seus passos, dizendo-me: "Bobagem, a gente se encontra na sede". "E se o Botafogo perder?" "Não vai perder; estou devendo uma grande vitória ao Botafogo."

Topei o risco duplo (derrota do meu time e frustração da reportagem) por simples rompante de solidariedade com o panache dele.

Fui para o Maracanã, e o homem jogou aquela barbaridade, acionando Mané com passes cinzelados. Mané, por sua vez, fez a fortuna de Paulinho, que marcou cinco gols em Castilho. Apesar dos grossos que frequentavam então a defesa botafoguense, o Fluminense perdeu de seis a dois. Valdir cumpriu a palavra audaciosa; só que foi impossível conversar com ele na algazarra festiva de General Severiano. Ainda por cima, Didi, apesar da serenidade olímpica, pagou tributo à superstição, indo a pé do estádio ao bairro do Flamengo.

Antes da Copa de 1958, perguntei-lhe qual era a dificuldade principal do jogador brasileiro na Europa. Respondeu-me que era a cancha pesada: os gramados de lá são espessos e os terrenos estão quase sempre úmidos; depois de vinte minutos, nossa moçada ficava sem perna. Pedi-lhe o remédio. Era simples: encharcar bastante o campo fofo do Bangu e realizar ali os treinos da seleção. Transmiti pelo jornal o recado, mas a comissão técnica não tomou conhecimento dele. Nossos dirigentes não topam palpites de meros atletas.

De volta da Suécia, Didi contou-me o que se passou na véspera da partida decisiva. Chovia durante a noite, e ele não conseguia dormir, temendo, mais que tudo, a cancha pesada. Acordou nervoso e cansado, mas decidido a transmitir uma impressão de calma e confiança aos jogadores menos experientes. E teve a feliz surpresa de saber que os amáveis suecos haviam estendido pedaços de lona sobre o gramado.

Perguntei-lhe: "Que disse você aos jogadores, quando apanhou a bola no fundo das redes e veio andando sem pressa, depois que os suecos fizeram, no início, aquele primeiro gol?". "Disse: não é nada, minha gente, nós vamos encher esses gringos."

POETA DO DIA: PHILIP LARKIN

Decepções

"É claro que eu estava drogada, e a tal ponto que só voltei a mim no dia seguinte. Fiquei horrorizada quando vi que estava perdida. Caí no maior desespero durante uns dias, chorei feito uma criança, implorando para que me matassem ou me mandassem pra casa da minha tia." (Mayhew, *London Labour and London Poor*)

Mesmo de longe, provo o mal azedo
que ele te fez tragar com hastes finas.
Na estampa ocasional do sol, e o medo
brusco dos carros, fora, onde te esmaga
Londres, noivando em direção oposta,
irrespondível luz cultiva a chaga
e nega ao teu pudor uma coberta.
Ficou-te, ao lento dia, a alma exposta
qual gaveta de facas toda aberta.
Não sei te consolar, nem ousaria.
Cortiços te enterraram. Que dizer?
Só que a dor é exata. Valeria
julgar onde foi lei desejo rude?
Pois pouco importarias de escutar
que te frustraste menos nessa cama,
que ele, a subir pelos degraus, sem ar,
à mansarda infeliz da plenitude.

BAR DO PONTO

Vasto Hospital

Quem disse que o Brasil era um vasto hospital? Oswaldo Cruz? Miguel Couto? Não me lembro, e o refrão desde a infância bate em meu ouvido, com aquele outro do deserto de homens e de ideias. Mas o autor real da frase é Fénelon, em carta a Luís XIV: "No entanto os vossos povos, que deveríeis amar como filhos e que por vós tiveram paixão até agora, morrem de fome... Em vez de arrancar dinheiro desse pobre povo, seria preciso dar-lhe esmola e alimentá-lo. A França inteira não é mais que um vasto hospital".

Miséria andou feia na França no ocaso do Rei-Sol. O descalabro provocou ainda a página famosa na qual La Bruyère se refere às burguesas ricas que tinham a audácia de abocanhar num só pedaço o alimento de cem famílias pobres.

PIPIRIPAU

Endereço

Quando eu me for, para onde for, seja lá o que for — vai ser o Céu.

GRAFITE

Distinguo

Há escritores para leitores —
Dumas pai, por exemplo.

Há escritores para escritores —
Mallarmé, por exemplo.

Há escritores para professores —
São Tomás, por exemplo.

Há escritores para leitores,
escritores e professores —
Shakespeare, por exemplo.

Escrever é sempre oscilar entre
os três vetores primeiros; e talvez
desejemos todos, em presunção
inconsciente, atingir aquela quarta
dimensão: 1) que nos gratifica;
2) que nos afaga; 3) que nos explica.

SUPLEMENTO INFANTIL

Retardado

Papai! Você é grande! E ainda não aprendeu a brincar!

CORISCOS

Coriscos na Lagoinha

Pablo Neruda, quando lhe peço uma entrevista: "Só quero um favor teu: não falemos de mim: *estoy enfermo de mi mismo*".

*

As raízes inglesas da modulação machadiana. Veja também Coleridge: "Tenho botado muitos ovos na areia quente deste ermo, que é o mundo, com um descaso de avestruz, com um olvido de avestruz".

*

A família de Tycho Brace acha que a astronomia não dá status à nobreza, mas o moço, reagindo, se faz astrônomo e descobre uma estrela nova na constelação de Cassiopeia. Pois é.

*

Sorrindo aos que o cercam no leito de morte, murmura o gramático Bouhours: "*J'ai quelque scrupule du plaisir que je trouve à mourir*".

4

Artigo Indefinido
ORLANDO

O Gol é Necessário
COPA 1958

Poeta do Dia
VERLAINE: WALCOURT

Bar do Ponto
SHELLEY

Pipiripau
MINEIROS NO RIO

Grafite
TERROR E ÊXTASE

Suplemento Infantil
UM PERFIL

Coriscos
CORISCOS NA FLORESTA

ARTIGO INDEFINIDO

Orlando de Virginia Woolf

Quem tem medo de Virginia Woolf? *Todo mundo. Seria capaz de apostar que o autor da peça teatral leu a autobiografia de Osbert Sitwell, na qual este conta que jamais entendeu por que as pessoas tinham medo dela — mas tinham. A romancista inglesa foi um tipo acabado de* onésima. Onésima, *segundo a classificação de Jaime Ovalle, é a pessoa que duvida, sorri, desaponta, gela, com um senso de humor que aterroriza as pessoas de fácil ebulição emocional. Alexander Pope foi ainda mais puramente* onésimo *e, para verificar isso, é consultar a descrição que a própria Virginia Woolf faz do poeta numa passagem de delicioso virtuosismo do livro (romance? poema?) chamado* Orlando.

Em contrapartida, todos se apaixonavam por Virginia Woolf. Varões e varoas. Moços e velhos. Mágicos e lógicos. Bravos e covar-

des. Homossexuais e tradicionalistas. Não é bastante racionalizável a fascinação de Virginia, the Goat, como diziam os íntimos. Não se discute o magnetismo de uma chama. Arrisco apenas a pensar que ela possuía em alto teor todas as nossas fraquezas e todas as qualidades que também gostaríamos de possuir.

Além disso era linda. Não de uma beleza caída do céu por descuido, mas de uma beleza conquistada através da solidão, da contemplação, do ritmo, uma beleza que se desenvolve de dentro para fora e se estampa em ossos angulares e linhas inesperadas. Uma beleza apesar dos outros. Contraditória e quase irritante. Uma beleza feita de imaginação em movimento, não de reflexão, uma beleza de água. Tão rápida que os amigos jamais chegaram a um acordo sobre os olhos de Virginia, a não ser que eram belos. Olhos acinzentados, diz o poeta Stephen Spender. Cor de hematita, negros e azuis, diz o pintor Jacques-Émile Blanche. Verdes para David Garnett. Com esses olhos indefinidamente irisados, Virginia viu um mundo em perpétua mutação de cores e formas. A visão, no sentido físico e simbólico, é o seu signo. Anda justa Monique Nathan ao falar que, sem o contexto histórico, a obra de VW perde a articulação concreta. Podemos ir mais longe: obra ou personalidade, ela está sempre articulada ao contexto, como a ostra à concha; é sempre Virginia mais o contexto, seja este histórico, familiar, urbano, campestre, praieiro. Era uma alma situada no instante, presente portanto na infinitude das experiências, mas sem residência certa ou endereço conhecido.

O delírio ambulatório, a compulsão itinerante aparecem em vários antepassados de Virginia. Seu pai, Sir Leslie Stephen, foi um dos renomados andarilhos e alpinistas do século XIX. Esforçou-se também para andar em outros sentidos: menino fraco, decidiu ser forte; encaminhado na carreira eclesiástica, tomou o desvio do agnosticismo. Historiador, crítico literário, jornalista, Sir Leslie casou-se pela primeira vez com uma filha do célebre Thackeray. A mãe de Virginia, uma viúva, mãe de três filhos pelo primeiro casamento, deu *ao ilustre Stephen mais quatro crianças: Vanessa, que se tornaria pintora, Thoby, que morreria de febre tifoide, Virginia, Adrian. Um dos filhos da mãe de Virginia infernizaria a vida da adolescente com insistentes carícias fora do esquadro fraternal. Não é preciso ser freudiano ortodoxo para debitar bastante a esses assaltos eróticos algumas deformações principais do comportamento psíquico de Virginia Woolf, que tinha apenas seis anos quando o meio-irmão, de vinte, passou a aterrorizá-la com mãos incestuosas; dois meses antes de morrer VW ainda se refere em carta a seus calafrios de pavor.*

Menina, Virginia arranhava as irmãs e as paredes, já destra em duas táticas de combate: sabia ferir e sabia fazer rir. O pai não batizava os filhos, mas teve ela por padrinho honorário um ilustre americano, o escritor James Russell Lowell, que lhe fez versos e ganhou a primeira carta da afilhada, escrita aos seis anos de idade. De saúde complicada, a educação da menina e da mocinha quase que se limitou a aulas particulares. Deve-se a isso algum prejuízo: a escritora, o gênio (muito cedo passou a ser o gênio da família e dos amigos) contou nos dedos durante toda a vida. Mas o saldo foi lucrativo: teve a liberdade de movimentar-se para os lados onde o espírito a chamava, e o espírito a chamava para a biblioteca paterna, surpreendentemente aberta para a época, onde estavam as encadernações de Platão, Ésquilo, Espinosa, David Hume. As matemáticas nada perderam e as letras ganharam uma cunhagem nova.

A família Stephen foi sempre muito chegada a lutos e desgraças. Uma meia-irmã de Virginia era louca. A morte da mãe, quando tinha treze anos, foi a sombra, o túnel. Dolorosamente excitada, passou a ouvir "vozes horríveis". A depressão chegou à fase crítica de horror pelas pessoas. Aulas suspensas, recomendações de vida simples. Morre outra meia-irmã, Stella, de doce perfil. Virginia busca talvez uma explicação para o destino em Ésquilo e Eurípides. É a vez de Sir Leslie em 1904. Os divertimentos comuns da adolescência não distraem Virginia: vinte e cinco anos depois, ainda tremeria ao passar de ônibus diante da casa onde sofrera as torturas de um baile. Enquanto Vanessa, irmã querida, se libertara do pai aparentemente, a dor filial de Virginia torna-se pesada e obsessiva. De uma viagem à Itália e a Paris resulta nova crise nervosa com uma primeira tentativa de suicídio: salta de uma janela. Ouve passarinhos cantando em grego e, pior que isso, ouve o rei Eduardo VII, disfarçado entre azáleas, a dizer as piores bandalheiras. Depois de uma viagem à Grécia é a morte do irmão. Vanessa casa-se com o crítico Clive Bell. Virginia tem seu primeiro flerte com um helenista já mais idoso e que também morreria logo depois de repente. Escreve, escreve sempre, jornal de família, descrições de paisagens, diários, contos, cartas. Gosta de trabalhar em pé, talvez para não ficar em posição mais cômoda do que Vanessa diante do cavalete. Quando na rua, um amigo da família — o famoso Henry James — diz que sabe... que sabe que ela também escrevia, a moça fica perturbada dos pés à cabeça.

Se suas atitudes não se encaixam umas nas outras, isso não deve espantar ninguém: VW passou a vida toda a escrever sobre isso, sobre a falta de identidade ou de consistência da alma ou, se quiser, sobre a falta de personalidade. Quando T. S. Eliot a levou à leitura de Montaigne, devia o poeta ter sentido a alta frequência do caráter ondulante e fugidio da jovem escritora. É preciso aprender a não ter medo de Virginia Woolf. Foi o que fez seu sobrinho Quentin Bell ao escrever-lhe a biografia. Nesta se conta, com inexcedível parcimônia e um bom senso quase científico, o franco namoro de Virginia com o marido da irmã queridíssima, Vanessa, mãe de Quentin Bell. Amor mesmo, no sentido em que até as crianças o entendem hoje, só aconteceu uma vez. Mas o resto — a paixão, o ciúme, o cortejo de solicitudes — prolongou-se para sempre. É igualmente impossível para um latino, para mim pelo menos, compreender a reação (ou a falta de reação) de Vanessa diante do romance. Eles, que são ingleses, que se entendam. O mesmo Quentin Bell, como se estivesse falando de uma figura isabelina, duvida, *apenas duvida, que sua mãe tenha feito amor na sala, à frente de todos, com o economista Maynard Keynes. Motivo apresentado: Mr. Keynes, naquela época, andava atrás de outra coisa, e a coisa era o escritor Lytton Strachey, possivelmente.*

Foi este último, o arguto ensaísta da era vitoriana, que deslanchou a liberdade, pelo menos de palavras e temas, no clã dos Stephen. Ao entrar para uma visita, deparando com uma mancha no vestido alvo de Vanessa (recém-casada), perguntou: "Sêmen?". A palavra mágica quebrou todas as barreiras de reserva e hipocrisia. Foi um alívio geral. A turma — conta VW — passou a conversar sobre cópula com a mesma franqueza com que discutia sobre a natureza do bem. Foi na época em que ela andava às turras com o manuscrito do que viria a ser The Voyage Out. *Mas foi por volta de 1910-2 que sobretudo Vanessa & Cia., já amante de um pintor e ensaísta, o sensato e sensível Roger Fry, optaram pela liberdade sexual, pelo neopaganismo, um pouco pra valer, um pouco para gozar os basbaques vitorianos. O senso de humor de Vanessa era ao mesmo tempo doce e ferino. Como nesta observação: "Gostaria de Lytton como cunhado mais do que ninguém, mas, pelo que vejo, a única possibilidade disso seria se ele se apaixonasse pelo meu irmão Adrian, e, mesmo assim, Adrian provavelmente o recusaria". Virginia divertia-se com tudo isso, mas tirava o corpo fora. Considerava-se uma covarde sexual. Uma noite numa praia, o poeta Rupert Brook propôs que ficassem nus e caíssem no mar. Topou. Na volta, ao contar a proeza, ficou desapontada com o desinteresse geral. Para ela foi importante: anos mais tarde continuaria a relatar o episódio para esse ou aquele jovem escritor.*

De qualquer forma, o departamento sexual dos bloomsberries *(apelido posto nos componentes da tribo de Virginia) era apenas um pormenor do pra-frentismo social, político e moral de todos: ela, Vanessa, Clive Bell, Lytton Strachey, Keynes, o pintor Duncan Grant, T. S. Eliot, Katherine Mansfield, Roger Fry, Vita*

Sackville-West... Há meio século, na Grã-Bretanha ainda impregnada do incenso vitoriano, eles viviam exatamente (tão exatamente quanto possível) como os jovens de hoje: em grande camaradagem de homens e mulheres; com um máximo de liberdade na escolha dos temas de conversação; em contestações; e até em campings *mistos.*

Era a primeira vez que uma geração de escritores e artistas britânicos punha em discussão a infraestrutura do establishment. *Quase nenhum deles chegou a equacionar essa revisão em termos dialéticos; mas todos perceberam a fragilidade e a falsidade dos epifenômenos do século da rainha Vitória. Foi uma espécie de curto-circuito, pois os* bloomsberries *descendiam muitos de famílias aristocratas, pelo menos de famílias secularmente reputadas, e vinham dos esquemas estereotipados de* Oxford *e* Cambridge.

O conceito social dos amigos de VW foi muito deturpado pela geração engajada na política. A própria, dentro de sua concha bivalve, dentro do seu egotismo neurótico, teve sempre atitudes sociais limpas e corretas: ria-se do conservadorismo, odiava o fascismo, simpatizava com os republicanos espanhóis. Chegou a participar de reuniões feministas simplórias, mas com muita boa vontade e violentação de si mesma. Não lhe cabe a culpa se entre o feminismo daquele tempo e Betty Friedan vai a mesma diferença existente entre o Demoiselle *de Santos Dumont e o supersônico. Num ponto valeu: ninguém denunciou melhor do que VW a ridícula pomposidade da moral e das atitudes masculinas. Foi aí que o seu gênio flagrou a fatuidade e a hipocrisia do macho.*

Libertação tinha um sentido muito mais angustiado naquele tempo. Era libertar-se do lar, do comportamento que o homem esperava da moça bem-educada. VW compreendeu isso com humildade: só poderia tornar-se escritora caso esquecesse a condição de mulher, caso conquistasse o seu espaço moral, até mesmo seu espaço físico (a room of one's own). *Chegou a ser, como disse no fim, a mulher mais livre da Inglaterra? Pelo menos viveu e se matou para isso.*

70

Voltemos ao contexto histórico de Monique Nathan. Depois da Primeira Guerra, o painel social da Inglaterra é este: aristocracia rural em decadência, ascensão da classe média, capitalismo industrial e comercial, trabalhismo, sindicalismo, greves, supremacia crescente da economia americana, complicações irlandesas, instabilidade financeira. Treme-treme no edifício vitoriano. Reação intelectual contra a máscara ou a mistificação. Darwin. Freud. Criação de uma mentalidade jovem muito parecida com a atual já era (Vitória já era). Faxina no estabelecimento. Feminismo de reação contra o gineceu inglês (só depois da guerra a inglesa teve o direito de votar e de exercer as profissões reservadas aos homens). O Império Britânico começava a ser apedrejado de dentro para fora. As mãos que apedrejam obedecem a algumas centenas de cabeças entre as mais extensivamente cultivadas que jamais floresceram no jardim terrestre. Não era mais o delírio poético que contestava a sociedade; era a inteligência. Fendia-se um império feito de colônias sombrias, feito de ideias e legislações que pretendiam ser eternas. Foi assim que as próprias flores de Oxford e Cambridge começaram a contrariar os interesses e as moralidades interessadas dos magníficos aristocratas e dos soberbos magnatas da Grã-Bretanha.

Uma flor, esta caseira, chamava-se Adeline Virginia Stephen. Tinha trinta e seis anos quando publicou Orlando. *Estava casada, castamente casada (quem deseja informações sob VW só deve esperar pelo inesperado) com um homem paciente, inteligente, correto, devotado: Leonard Woolf. Publicara até então seis livros.* Orlando *foi escrito a grande velocidade. É uma torrente ritmada que se estende por três séculos da história da Inglaterra. Surpresa: o mesmo personagem cobre esses trezentos anos de existência. Maior surpresa ainda:* Orlando *é alternadamente homem e mulher. A androginia andava no ar que os poetas farejam. Uns seis anos antes, Katherine Mansfield anotava no diário: "Não somos nem machos nem fêmeas. Escolhi o homem que desenvolverá e ampliará em mim o que há de* masculino; ele me escolheu para engrandecer nele o que há de feminino". A figura mais importante do mais famoso poema da época (The Waste Land — T. S. Eliot) é Tirésias, o velho andrógino da Antiguidade, o vidente cego. Coleridge já divisara uma androginia espiritual em todos os grandes criadores. Shakespeare seria para VW o máximo da potencialidade masculina-feminina. Contudo, as intuições dos escritores ingleses estavam em atraso. Já em 1898 Freud manifestava para um amigo sua crença na bissexualidade fundamental do ser humano: "Estou me habituando a considerar todo ato sexual como um acontecimento implicando quatro pessoas". Jung, por sua vez, pretende identificar no psiquismo a tendência de reconstituir um estado de coexistência do masculino e do feminino. Desses dois postulados partiram os poetas da ciência psicológica. Hoje se fala em mito confirmado pela biologia; sobre a teoria dos hormônios estaria o fundamento da bissexualidade, com um tríplice campo de pesquisas: bissexualidade biológica em diversos animais; traços de bissexualidade anatômica no ser humano; bissexualidade permanente e flutuante através das secreções de hormônios masculino e feminino. (Cf. Suzanne Lilar, Planète, n° 12.)

Assim, partindo da poesia/mito, a ciência retorna aos emboléus ao estado primitivo: o amor seria a tentativa de reconstituir uma indistinção sexual perdida. Mas Orlando não é uma fantasia científica sobre a androginia. Nem mesmo chega a ser propriamente uma fantasia poética ou mítica sobre a androginia. De toda a especulação moderna, o que mais interessaria a VW seria decerto a hipótese de que o psiquismo humano é estreitamente tributário da oscilação permanente do equilíbrio hormonal. Pois, com Orlando, VW se fez uma espécie de Diana Caçadora: a peça procurada no bosque intrincado é a identidade humana, o ser contínuo, a personalidade íntegra. A caçada serve para mostrar que a caça não existe: em vez de um eu integral, encontramos o esmiuçamento da personalidade. Orlando é um poema sobre o tempo, melhor, sobre *a fugacidade do ser e das projeções do ser dentro do tempo. O tempo é o personagem. Orlando é um indivíduo-dividido, ilogicidade insolúvel. Esse indivíduo é inerme dentro do tempo, e é o tempo que corrige a possibilidade da pessoa, repetindo-a através das sucessivas eras, em uma fantasia musical libérrima, mas que recorre indefinidamente aos mesmos motivos: beleza, sexo, amor, natureza, solidão, sofrimento e morte. É como se algo todo-poderoso — o deus Tempo — assoviasse a música do destino humano, o fatum, o fado. É um scherzo, uma brincadeira musical do tempo. Este, o autor, compõe, supremo virtuosismo, através de cada homem/motivo a sonata completa de toda a Humanidade.*

Outro personagem concorrente é o Espírito da Época, a submissão ao efêmero, às ilusões em vigência. O Espírito da Época é a nossa limitação e por isso é importante. É a moeda corrente: quem usar outra pode ser apanhado como falsário. Com pespontos bem femininos anota VW: "A transação entre um escritor e o espírito da época é de infinita delicadeza, e a fortuna de suas obras depende de um bom arranjo entre os dois". A vida interior é inenarrável: "Orlando estava tão quieta que se ouviria a queda de um alfinete. Quem dera que houvesse caído um alfinete. Sempre teria sido um pouco de vida".

O livro brotou da contemplação meditativa de um retrato de Vita Sackville-West. Uma paródia aos mais acurados estudos biográficos da época. Contudo, é também autobiográfico, indisfarçavelmente nas páginas finais, até certo ponto autocomplacentes, mas dramáticas: "Se a heroína de nossa biografia não se decide nem a matar nem a querer, mas só a pensar e imaginar, podemos deduzir que não se trata de outra coisa além de um corpo morto e abandoná-la".

Aqui se pode talvez detectar um dos veios neuróticos que levaram VW ao suicídio; se a pessoa simples luta contra a rejeição afetiva dos outros, a sensibilidade complexa costuma provocá-la ou inventá-la. Virginia amplificava eletronicamente as menores contrariedades. Mas Orlando *deve ter sido também uma tentativa de recuperação da normalidade* (?) *feminina de VW, condenada a um encadeamento de raciocínios que a afastavam da espontaneidade a que, por ter nascido mulher, tinha direito.*

Pode-se ainda dizer que o personagem de Orlando é o próprio ritmo do livro. Ritmo de água. Na água encontraríamos as conotações mais sensíveis do simbolismo woolfiano. Um crítico chega a afirmar que a água é a substância do romance de VW e não um elemento decorativo. O trágico apelo das águas... Quem buscou a morte nas águas de um rio conquistou o direito de ter deixado em uma obra sutil essa frase banal. Orlando pode ser ainda um romance sobre a vida. Agora sou eu que me arrisco no foco da banalidade. Que é a vida? "A vida não é uma série de lanternas dispostas simetricamente, a vida é um halo luminoso, um invólucro meio transparente onde somos encerrados desde o nascimento de nossa consciência até a morte." A tarefa do romancista — ela pergunta — não será exprimir esse espírito mutável, desconhecido e ilimitado, sejam quais forem as aberrações e complexidades que ele possa apresentar? Jamais conheci qualquer pessoa — diz Osbert Sitwell — com uma percepção mais sensível das menores sombras atiradas em torno dela. Depois de túneis e mais túneis, de crises e mais crises, depois de ter escrito nove romances, sete volumes de ensaios, duas biografias e 26 cadernos de um diário, em 1941 as sombras estreitam-se espessas em torno de Virginia Woolf. No mês de abril, dois meses depois da morte de Joyce, seu bastão e seu chapéu foram achados à margem de um rio. O corpo só foi encontrado semanas mais tarde. Deixou para o marido este bilhete: "Tenho a impressão de que vou ficar louca. Ouço vozes e não posso concentrar-me em meu trabalho. Lutei contra isso, mas não posso continuar lutando. Devo-te toda a felicidade de minha vida. Foste impecavelmente bom para mim. Não posso continuar estragando tua vida".

O GOL É NECESSÁRIO

Copa 1958

Antes de 1958, Ary Barroso implicava muito com o futebol do Garrincha. Dum episódio característico me lembro muito bem. Ary transmitia na tevê um jogo do Botafogo e dizia pausado: "Garrincha com a bola. Vai driblar. É claro. Vai driblar de novo. Vai perder a bola. Olha ali, um saçarico pra cá, outro pra lá. Garrincha passa pelo adversário. Assim também não é possível. Vocês estão vendo? Garrincha vai driblar de novo. Vai perder. Por que ele não centrou logo? Claro que vai perder. Gol de Garrincha". A última frase veio seca e mal-humorada: também o Ary fora driblado lá na tribuna.

Principalmente por causa de Garrincha, ele e eu pegávamos discussões animadíssimas, que não só acabavam alegremente: já eram entremeadas de brincadeiras. Uma vez, *no aceso da paixão*, apelei para a linha dura e lhe disse a sentença fatal: "Você não entende nada de futebol!". Ary, apanhado de surpresa, achou engraçadíssima minha (falsa) opinião e ficou sacudido por tremores de riso durante mais de meia hora.

Aí veio a Copa da Suécia. Ouvi as irradiações num bar de Ipanema na companhia de amigos. Ary ainda não dera as caras. João Condé, tendo aparecido apenas no jogo com a Inglaterra (zero a zero), fora proibido de voltar. Terminada a partida com os suecos... Bem, não é difícil imaginar. Um senhor desconhecido, que ouvira o jogo a suar frio e extremamente pálido, como se fora *ao vivo* a descrição do Apocalipse, continuava em transe, hirto e bestificado, enquanto a turma o arrastava como um robô pela dança carnavalesca e enfiava-lhe pela boca paralisada grandes goladas de uísque. Darwin Brandão parou o bonde no peito e ofereceu uísque a motorneiro, condutor e passageiros. Os dois primeiros desceram para a confraternização, mas recusando a bebida: já vinham do Bar Vinte com uma garrafa de pinga. Mal terminado o jogo (tudo acontece em Ipanema), surgiu também no bar uma duquesa da França. Uma duquesa no duro, dessas que ainda têm castelo, e cujos antepassados foram protegidos ou perseguidos por Luís XI. Chegara havia pouco tempo da França e não falava português. Mas o repórter Nestor Leite, também conhecido por Boca Negra, há muitos anos que deixou a sua "tribo" na Amazônia e se instalou no Rio. Nestor entendeu perfeitamente o que a duquesa dizia: tinha torcido pela França, *évidemment, évidemment...* Tendo a França perdido, passara a torcer pelo Brasil, *évidemment...* Nestor abraçou a duquesa com uma ternura derramada de gratidão e comandou imediatamente um champanha. A duquesa afirmou com veemência que preferia um chope, e todos nós acreditamos, menos o Nestor. Veio o champanha, muito nacional e meio morno, sempre sob os protestos da elegante e simpática duquesa.

Não sei se o leitor se lembra dum fabuloso champanha que jorra numa cena do filme *Les Enfants du Paradis*. Pois o do Nestor foi muito mais fabuloso: jorrou com uma força de jato de poço de petróleo, e inundou os cabelos tratados, o vestido de seda, a alma nobre da duquesa. Foi uma festa.

Raimundo Nogueira, Haroldo Barbosa e Fernando Lobo tinham fugido da raia, por prudência de ordem coronária, e pescavam sem rádio na Barra da Tijuca. Ouvindo o foguetório, vieram em desabalada para Ipanema. Invadiram o bar com quilos de talco (reminiscência do Carnaval pernambucano).

Uma cortina branca envolvia tudo e todas as pessoas quando ouvi uma voz que vinha da porta a clamar meu nome e sobrenome. Era o Ary, que continuou à porta gesticulando. Atenuada a cerração de talco, vi que a sua expressão era dessa rara plenitude que limpa do rosto humano o desencanto, a decepção, o medo. Ainda na porta, ele gritava para mim, escandindo as sílabas a seu modo:

— Estou aqui para penitenciar-me! É o maior! É o maior! Que beleza, meu Deus! Que beleza! O Garrincha é o maior gênio que já houve neste país! Que beleza! Que beleza!!

*

POETA DO DIA: PAUL VERLAINE

Walcourt

Tijolos, telhas,
ó fascinantes
esconderijos
para os amantes!

Lúpulo e vinhas,
folhas e flores,
tendas ilustres
dos bebedores!

Claras tabernas,
chopes clamantes,
às ordens sempre
dos bons fumantes!

Gares tão perto,
sendas galantes...
Mas que tesouro,
judeus errantes!

BAR DO PONTO

Shelley Prosador

Temos uma alma dentro da nossa própria alma
que descreve um círculo em torno do seu próprio paraíso,
dentro do qual não se atrevem a penetrar

a dor,
a mágoa,
a desgraça.

PIPIRIPAU

Mineiros no Rio

Dico Vanderlei, mineiro de Peçanha, interrompendo uma conversa com Tom Jobim, carioca de Ipanema, sobre Guimarães Rosa, mineiro de Cordisburgo, pergunta bruscamente a mim, mineiro de Belô: "Você por acaso resolveu aqui no Rio o problema do bolinho de feijão?". Para inveja dele digo que sim: depois dos primeiros penosos trinta anos, sem bolinho de feijão, solucionara eu a carência: Newton Andrade, mineiro de Diamantina, uma vez em três meses me presenteava com uma pratada de genuínos bolinhos de feijão, elaborados por ele mesmo. Também o Drummond, mineiro de Itabira, informei ao Dico, resolvera o caso por arte graciosa do mesmo Newton, e até compôs verso a respeito. Aí o Tom arregalou os olhos e falou: "Quanto eu mais gosto dos mineiros, menos entendo vocês!".

GRAFITE

Terror e Êxtase

Em suas viagens pelos infestados vales da China, Confúcio abria mão da segurança (menos inseguro talvez ser assaltado sozinho do que mal acompanhado) e foi vítima de numerosos assaltos. Uma vez, sequestrado durante uma semana, barra pesada, que fez? Pois é, fez aquilo que Confúcio tinha de fazer: tocou cavaquinho. Mais tarde ainda gozou o bando sequestrador (e todos os sequestradores de todos os tempos), dizendo, literalmente, que os confusos assaltantes não eram nem carne nem peixe.

Suplemento Infantil

Um Perfil por Montúfar

Curto de corpo. De olho vivo.
De caráter tal e qual. Meio bobão.
Um tanto doido. Um tanto vingativo.
Um tanto sem-vergonha. Um tanto vão.
Um tanto falso. Puxa-saco perfeito.
No mais, um belíssimo sujeito.

Coriscos

Coriscos na Floresta

A Pátria é no futuro: é o que restará do que fazemos.

*

São seis os elementos: ar, terra, fogo, água, sexo e morte. Não, são sete: e lirismo.

*

Todas as mulheres, fiéis ou não, aguardam, tricotando nervosas alguma coisa, um telefonema de Ulisses.

5

Artigo Indefinido
SAINT-SIMON

O Gol é Necessário
GARRINCHA

Poeta do Dia
THOMAS: DEPOIS DO ENTERRO

Bar do Ponto
IDADES DA PALAVRA

Pipiripau
ANTILIVRO

Grafite
NOSSA HOMÉRICA PELADA

Suplemento Infantil
BELLOC EM DEZEMBRO

Coriscos
CORISCOS NO BAIRRO DOS FUNCIONÁRIOS

Artigo Indefinido

Saint-Simon

Há trezentos anos nascia em Paris Louis de Rouvroy, duque de Saint-Simon, um homem cheio de cumes e depressões; e escritor fora de esquadro, pela letra e pelo fundo. Poucas criaturas sofreram tão pertinazmente da ansiedade de dar seu recado, de transmitir vivências. Pois o duque, com toda essa compressão comunicativa, conseguiu ser o mais clandestino dos escritores, desaguando suas torrenciais memórias num silêncio de criminoso, atirando depois a uma posteridade incerta esse encarniçado testemunho. Sua atitude absurda poderia ser comparada à de um jornalista atual que reservasse para o terceiro milênio os furos de nossos dias. Foi ele na corte de Luís XIV esse repórter para o futuro. E como não tivesse nessa corte o trânsito ideal, que lhe daria às fontes um acesso à altura de sua sede, utilizou desesperadamente informações e documentos profusos — canais puros, diretos e certos, no seu entender. Fez-se implacável testemunha ocular da pequena história. Observa François-Régis Bastide que o nosso homenzinho só sentiu prazer através de um único sentido: a vista. E é singular que esse paquera-dor excelso haja fechado os olhos para fartos desregramentos eróti-cos de certos contemporâneos (Freud deve explicar), arregalando-os para as demais ações cotidianas.

Olhando sempre pelo buraco da fechadura, mesmo na aparente nitidez solar dos jardins de Versalhes, deleitando-se na espionagem doméstica, interpretando como um Sherlock Holmes maluco gestos e posturas, ele não apenas via: fiscalizava com tenacidade, vigiava perversamente. Cite-se um caso: quando Pedro, o Grande, visitou a França, o espinhoso Saint-Simon não quis ser apresentado ao czar, a fim de poder vê-lo à vontade, protegido por um anonimato útil ao policiamento secreto da história. Possivelmente não seria tanto de sua índole esse comportamento subterrâneo, e mesmo só se teria decidido depois de levar uma bronca do rei: o falador amoitou-se, guardando para nós, os pósteros, a novela interminável de suas inconfidências.

Cada leitor, cada geração, tem o Saint-Simon que merece. É natural para um autor que não se enquadra à normalidade literá-ria. Ele tem sido acusado de inescrupuloso, de superficial, de vai-doso, de contraditório, de falso, de futricador, de deformador de fa-tos e pessoas. Revolucionário para uns, reacionário para outros. Tudo isso é verdade, mas não toda a verdade. Dois juízos me pare-cem sutis: o de Stendhal (que jamais perdeu o paladar para três pratos: Shakespeare, Saint-Simon e espinafres), quando anota que o autor das Memórias era de pouca profundidade mas tinha um estilo profundo; e o juízo de Alain, quando distingue os escritores que são pintores, empenhados na aparência, ciosos por conservar essa espécie de violência da superfície pura.

Não encontramos em Saint-Simon a verdade da França de Luís XIV; sem ele, no entanto, não teríamos a imagem desses tempos, a verdade/mentira que salta aos olhos. Ele via longe e claro os objetos próximos (as pessoas nas suas maquinações aparentemente irrefletidas); e era um míope diante dos vastos panoramas, as guerras, o comércio, a política exterior, as finanças, as razões de Estado. Jamais poderia atinar com os motivos políticos que levaram Luís XIV, muito marcado pela lembrança da Fronda, a edificar Versalhes, onde criou uma espécie de colégio interno para a nobreza, sob sua vigilância absoluta. Mas desse defeito de visão lucramos uma excelente página de ecologia, na qual Saint-Simon, jansenista de índole e infenso ao urbanismo nascente, compara as graças naturais da primitiva residência real com a aridez de Versalhes, onde era preciso tiranizar a natureza. E é sempre assim: o leitor ganha invariavelmente alguma coisa mais valiosa nas inúmeras vezes em que Saint-Simon enxerga mal o que está longe; ou quando se entrega pouco a pouco, irresistivelmente, ao prazer de seus rancores. Exatamente pelo fato de abominar essas tentações, de nem sequer admiti-las, exatamente pelo fato de se querer um gravador do real, isento e fiel, o melhor de nosso duque são as constrições serpentiformes que ele executa em torno do corpo e da alma das criaturas... que retrata. Nesses casos, nos quais o artista e o modelo se embolam, e ele devora a criatura (um marquês de seu tempo o chamou de antropófago), temos obras de arte, quadros ambíguos e portentosos da dimensão humana. Pois eis que o artista e o assunto se fizeram uno, empolgados. E tantos escritores a buscar a vida toda essa imbricação com os dados reais, essa identidade que pode suprimir os outros expedientes artesanais.

O pai do autor não babava na trompa de caça de Luís XIII. Ponto a favor. Um dia botou um ovo de Colombo: para o rei trocar de cavalo, apresentou o novo animal com o focinho virado para a cauda do outro. Genial! Considerações de um lado, gratidão do agraciado pelo rei caçador, que a transmitiu ao filho, que a cultivou piamente e perpetuou nas Memórias: *Luís XIII é o justo.*

O velho escudeiro tinha 69 anos quando veio ao mundo seu enfezado Luís. Pequenino e macilento, o adolescente foi apresentado a Luís XIV. Pequenino e macilento, três anos depois, ele seria um soldado sem stamina, e talvez proviesse daí a mania de olhar as batalhas e os generais pela inspeção das miudezas. Não demora a pendurar o mosquetão, colhendo nos lábios do rei a primeira pérola, talvez falsa: "Mais um homem que nos deixa!".

A vida de Saint-Simon seria decerto uma coleção de sabidos silogismos — como a de José Dias, de Machado de Assis — caso ele não tivesse um coração em brasa, como o Bentinho. Mas é como silogismo que pede um particular ao duque de Beauvillier, pretendendo a mão de uma de suas oito filhas feiosas. Qualquer uma, nunca vira nenhuma. Negativo: as corcundinhas do nobre senhor desejavam permanecer virgens ou entrar para o claustro. Casa o jovem em outra freguesia, mais modesta, mas com muita sorte: o par devotado somente seria separado quase cem anos depois, no campo-santo, quando os revolucionários de 89 profanaram sua beatitude, apartando e revolvendo os dois caixões solidários.

Com menos de trinta anos, ele está em Versalhes, assuntando o ambiente. As guerras periódicas pouco alteram o esplendor intelectual da época, no qual se estamparam aureoladas as cabeças de um Racine, de um La Fontaine, de um Bossuet, de um La Bruyère. O duque ainda não é de nada (de rien, literalmente). Experimenta seu talento de intrigante a propósito de quem é ou não é obrigado a tirar esmolas durante a missa do rei, tendo sua primeira desavença com Luís XIV, mas ganha a parada. Faz onda contra a competência bélica de um general: perde a parada. A zanga do rei por fim se adoça num ar de bondade não agastada — e isso já é uma glória e um assunto para a posteridade. Saint-Simon é do contra; não é do lado oposto, por não ser disso e porque nessa corte não há lado oposto, mas facções que se aliam ou se repelem em busca de prioridades. E ele nasceu e se formou do contra. Será contra o presente, contra a política, os negócios, os escritores, os parlamentares, a Inglaterra, os jesuítas, os ministros, os burgueses, a canalha, o palácio de Versalhes, o palácio de Marly, contra a mulher do rei, contra os filhos bastardos do rei, contra o filho legítimo do rei, contra o próprio rei. Sem falar nas suas guerras pessoais.

Para sobreviver, portanto, precisa, além da máscara, de amigos, e ele os tem, raros e fiéis: o duque de Bourgogne, um pedaço do céu neste nada que é a terra; o duque de Orléans, que seria regente depois da morte do rei; o chanceler Pontchartrain, com quem faz um pacto de amizade; o duque de Beauvillier, do qual não chegou a ser genro, mas se tornou amigo; o abade de Rancé, isolado na Trapa para a qual se retira todos os anos o espião da Corte.

Os de Orléans servem de matéria-prima para duas cabalas perfeitas de Saint-Simon: consegue afastar o duque de umas das suas amantes para reaproximá-lo da esposa, filha de Luís XIV. O rei acha bom. Num segundo tempo, partindo para uma jogada difícílima, consegue promover o casamento da filha do duque de Orléans com o duque de Bérry, neto do rei. Ganha beijos públicos da feliz noivinha, capitalizando real prestígio. Só que não viu ou fingiu que não viu o seguinte: essa tão virtuosa princesa tinha encontros incestuosos com o pai desde catorze anos de idade.

Saint-Simon não foi um hipócrita sincero, mas é de se imaginar por arte de que mecanismo psíquico ele, tão inimigo do vício, tão nostálgico da castidade de Luís XIII, teria escondido de sua santa ira alguns dos pecadores capitais da sua sociedade. Isso num homem capaz de cóleras de Averno só por achar que os membros do Parlamento tinham a obrigação de tirar o bonnet à entrada de duques e pares.

Tudo estaria agora tranquilo, apesar das guerras, apesar da boçal perseguição aos protestantes, apesar de invernos devastadores, apesar de tudo. Paris dita a moda e exporta vinho e arte para o mundo.

Estimulada por Colbert com incentivos fiscais, começa a explosão demográfica e a fome do povo. Mas tudo estaria mediocremente bem para o duque, caso não existisse como um arrecife na noite o grande delfim, Monseigneur, *o herdeiro do trono. Ele descreve minuciosamente esse inimigo, soprando antes de morder, como de hábito: ar altivo e nobre; rosto bastante agradável, caso o príncipe de Conti não lhe tivesse quebrado o nariz na infância; pernas as mais bonitas do mundo; pés singularmente pequenos, a ponto de perturbar a segurança da caminhada; cavaleiro bom, mas pouco atrevido; bastante senso; nenhuma personalidade; sem espírito; teimoso sem medida; um tecido de pequenezes; exterior de bondade, dureza de fundo; familiaridade prodigiosa com subalternos; amável por preguiça e por uma espécie de estupidez; vasto comilão... É insensatez reduzir os retratos do autor, paro por aqui. O fato é o seguinte: quando o delfim se salvou de uma crise, o cristão Saint-Simon e a duquesa de Orléans não se aguentaram mais e lamentaram juntos terem visto* Monseigneur *escapar naquela idade (cinquenta anos!), e com toda aquela gordura, a uma apoplexia. As apoplexias estavam desacreditadas, não mais cumpriam o seu dever.*

Onze anos mais tarde, o duque estoura de alegria: dessa vez morreu o herdeiro. Para compensar sua rejubilação incontrolável, o astuto Saint-Simon abre um parágrafo racionalizante nas Memórias: *o delfim, sem vício e sem virtude, sem luzes e sem conhecimento, sem imaginação, sem gosto, nascido para o tédio que comunicava aos outros, absorvido em suas banhas e suas trevas, teria sido, mesmo sem qualquer vontade de praticar o mal, um rei pernicioso. Repouse, pois, em paz a alma de* Monseigneur. *E repouse a consciência do duque de Saint-Simon: o reino está salvo. Principalmente salvo sente-se o próprio Saint-Simon, pois agora deverá subir ao trono o amigo bem-amado, o duque de Bourgogne, o pupilo de Fénelon. É o rei na barriga. As* Memórias *refletem a euforia* do *probo duque a deslizar, temido e cortejado, pelas galerias do palácio, sobraçando papéis, a caminho da câmara do novo delfim.*

A *papelada é um projeto para um governo sábio! Mas é lícito caçoar da sabedoria política dessa pequena eminência parda, desse Maquiavel de bolso. Resume-se em preconceitos contra a ciência; em desconfiança dos homens; em convicções veementes contra os secretários de Estado, contra os plebeus; em advertências mais furibundas contra os direitos dos filhos de Luís XIV com a marquesa de Montespan; e em odes prosaicas à etiqueta, à magnitude de duques e pares, à lei do* bonnet.

Confessa que andava rindo por dentro, mas o mel de que se lambuza vira fel bem depressa: o delfim morre aos trinta anos de idade, seguido de súbito passamento de mulher e filho.

Naturalmente falou-se (e fala-se até hoje) na possibilidade de envenenamento. O assento fúnebre do drama nas Memórias *é inesperadamente discreto, concluindo que era mais um castigo para a França, e a terra não era digna de quem já estava maduro para a beatitude eterna.*

Nos oitenta anos da existência de Saint-Simon, houve muito tempo para que a morte fosse o contrarregra do seu destino, modificando bruscamente situações. Com o fim de Luís XIV em 1715, nosso escriba, aos quarenta anos de idade, entra em cena pública, amigo e conselheiro que é do regente, o duque de Orléans.

A *conjuntura nacional é crítica, mas Saint-Simon mostra que também ele não baba na trompa, preocupando-se furiosamente com problemas de primazia, de* bonnet, *de minúcias protocolares. O regente igualmente tem seu pico de sandice, oferecendo ao duque, que nunca entendeu de orçamentos, que não sabia nem mesmo fazer contas, que nunca foi capaz de administrar a própria renda, simplesmente a pasta das Finanças. Recusado sensatamente o posto, aceita de coração um lugar no Conselho de Regência. E tem finalmente o seu dia de glória total: a redução hierárquica dos bastardos legitimados de Luís XIV; ficou morto de alegria.*

Embasbacado pelo triunfo, segue de embaixada ao paraíso da etiqueta aristocrática — a Espanha —, bancando o maior furão cara de pau para ficar à frente do núncio papal no ato de assinatura de um contrato. Só faltou fotógrafo.

Mas o contrarregra agora é o primeiro-ministro Dubois, um inimigo, e Saint-Simon vê o caminho a tomar: o de seus aposentos em Paris. A França cortara uma volta. Os costumes tinham mudado. Madame de Maintenon já o previra com as observações rotineiras: "Acho insuportáveis as mulheres de hoje em dia, com suas roupas ridículas e imodestas, o tabaco, a bebida, a gula, seus modos rudes e suas mãos ociosas".

Luís XV é rei de França. Com sessenta anos de idade, o bilioso duque cai de queixo na redação das Memórias. Nada mais importa. Enterra a mulher amada, os filhos perrengues, e continua escrevendo, de ouvidos tapados para o presente, de olhos abertos para o passado. Morrera em Paris, Boulevard Saint-Germain, em 1755, quando Montesquieu, Diderot, Voltaire, Rousseau introduziram novas cartas no baralho europeu. Só ao vendedor de velas o duque devia uma fábula.

Os manuscritos das Memórias, *legados a um parente do autor, depois conservados em sigilo pelo governo, apareceriam em 1829 numa edição que se diz* Mémoires complets et authentiques du duc de Saint-Simon. *Outras mais completas viriam, mas até hoje François-Régis Bastide indaga, aflito e indignado, pelo paradeiro de pelo menos uma kombi cheia de originais do memorialista.*

Há uma edição de 41 volumes e outra de cinco em papel-arroz. Que o leitor novo, por mais corajoso que seja, não entre aí de cara. Melhor seguir o conselho de La Varende, indo primeiro às edições de trechos escolhidos. Ainda estou nisso, muito satisfeito, e espero não sair, mesmo porque o tempo já me é curto para voltar às

*passagens prediletas. O pobre do Stendhal, irritado com a ausên-
cia de* table des matières, *na edição de seu tempo, teve de fazer sua
relação das "coisas interessantes para mim". É o melhor jeito: ele é
de se reler. Mas é bom não ficar numa única edição de obras esco-
lhidas. Quanto mais, melhor. Um encanto suplementar de Saint-
-Simon é o comentário sobre Saint-Simon. Pois são estimulantes as
transmutações, as múltiplas imagens que ele suscita.*

*O meu ver posso resumir logo: Saint-Simon deve ter sido um
dos mais interessantes chatos deste mundo; como historiador, exato
ou deformante, é uma delícia; como escritor, é fascinante. Que liberdade de expressão! que objetividade subjetiva! que perseguição
de minúcias! que sofreguidão pela amplitude do ser humano! que
ausência de abstrações! que modernidade jornalística na descrição
das circunstâncias! que paixão pelo visível! que indiferença pelas
belas-letras! que faro para as intrigas imortais! que Stendhal e que
Proust* avant la lettre! *que entrelaçamento de grossas e finas! que
desprezo pela gramática! que entesourador de bugigangas! que
verve! que gana! que antenas para a baixeza! que basbaque diante
da grandeza! que remorso pela miséria do povo!*

*"Ah! as fofocas de Saint-Simon!" — exclamou um nobre de
bom senso para Sainte-Beuve. E este: "Sim, as fofocas de Saint-
-Simon, mas como quem diria os borrões de Rembrandt ou de
Rubens".*

*Abramos as portas do duque para dar orelha a essas fofocas,
para saber, entre milhões de coisas, a respeito de mais de 7 mil personagens: que Luís XIV saboreava as lisonjas mais baixas; que o belo
e o vilão, o vasto e o estrangulado, foram costurados juntos em
Versalhes; que a duquesa de Bourgogne era regularmente feia, com
os olhos mais belos do mundo, poucos dentes e todos podres; que o
filho de M. le Prince tinha uma cara de meter medo; que a duquesa
de Maine arruinava o marido com suas festas; mas o duque tremia
diante dela; que Mme de Montespan, apavorada com o inferno,*

91

distribuiu suas fortunas entre os pobres; que as reviravoltas da vida de Mme de Maintenon a tornaram lisonjeadora, insinuante, complacente, procurando sempre agradar; que Paris, atulhada de nobres bastardos, era o esgoto das volúpias de toda a Europa; que o duque de Orléans ficou a ler Rabelais com muita devoção na longa missa de Natal; que o segredo de estar bem informado é apanhar os fatos secos e crus através das festas; que o povo, arruinado e desesperado, deu graças a Deus quando o Rei-Sol abotoou o manto.

O duque de Saint-Simon tem razão ao dizer: "Nunca fui um personagem acadêmico". E o exemplo pode ser esta página, à Antônio de Alcântara Machado: "Mme de Charlus estava perto do arcebispo de Reims, Le Tellier. Ela apanhou um ovo quente e abriu, e, adiantando-se em seguida para pegar o sal, botou fogo no seu toucado, de uma vela próxima, sem se dar conta. O arcebispo, que a viu toda em fogo, pulou pra cima do toucado e o jogou no chão. Mme de Charlus, na surpresa e na indignação de se ver destoucada, sem saber por quê, jogou o ovo na cara do arcebispo, que escorreu pra todo lado".

São animadas como um desenho as fofocas de Saint-Simon.

O GOL É NECESSÁRIO

Garrincha

Logo depois da Copa de 58, pensei em escrever um livro sobre Garrincha. Através de Sandro Moreira, eu o procurei num treino do Botafogo, e ele concordou com o plano, convidando-me, para início de conversa, a almoçar em sua casa, em Pau Grande, daí a dois dias.

Me perguntou logo se eu gostava de angu à baiana, e não precisei mentir por delicadeza: adoro angu à baiana. Acrescentou com um sorriso contente que ele mesmo se encarregaria de fazer a batida de limão. E arranjaria cervejinha bem gelada. Conforme combinado, passei de manhã no clube, depois do individual, e Mané veio me pedir desculpas: não haveria almoço, sua senhora estava doente, ficava para outro dia. Sandro começou a rir quando lhe contei a história. Doente coisa nenhuma! Na verdade, quando Garrincha disse em casa que tinha convidado um escritor para comer um angu à baiana, sua senhora protestou, ele agira mal, escritor deve comer galinha ao molho pardo. Digo de passagem que o livro não morreu por causa da galinha, mas porque, como todos sabem, Garrincha é o mais perfeito driblador da história do futebol. Eu não tinha saúde para marcá-lo.

Era a própria candura. Todo mundo, em todas as profissões e fora das profissões, sonha com a candura como um bem supremo. Mas somente Mané Garrincha e uns poucos ungidos nasceram e cresceram com essa pureza, com essa espontaneidade inalterável. Nunca houve homem famoso menos mascarado, menos cônscio de sua importância. Algumas pessoas, à custa de autodomínio, conseguem isso. Mas a Garrincha não custava nada. Ele era desimportante sem saber que o era. E era também perfeitamente espontâneo — e isso é ainda mais raro de se achar — ao receber alegremente a glória e o carinho do povo.

Cândido mas não ingênuo. Pelo contrário, Mané é, antes de tudo, um astuto. Dentro e fora do campo. A qualidade ardilosa de sua inteligência — tão comum, aliás, em nosso homem do interior — pode ser imediatamente notada em um detalhe: Mané fala errado, à maneira do homem da roça, de propósito, por astúcia, porque se tentasse falar corretamente cometeria erros involuntários.

Na fábrica de tecidos, em Pau Grande, Garrincha não vivia sonhando com a glória. Sonhava com as horas de folga, quando podia caçar passarinho ou jogar pelada. Era por natureza alegre e brincalhão. Quando o Brasil perdeu a Copa para os uruguaios, em 1950, não se interessou pelo jogo: foi matar passarinho. Regressando ao cair da noite, levou um susto tremendo: tinha tanta gente chorando pelas ruas, que ele imaginou logo ter acontecido um daqueles terríveis desastres de trem, com dezenas de mortos. Só ficou tranquilo quando soube que o motivo da choradeira era futebol. *Ora, chorar por causa de jogo de futebol, onde já se viu!*

Era centromédio do time local e driblava noventa minutos por partida. Instado pelos outros, procurou o Vasco da Gama. Um lugar modesto de aspirante era de qualquer forma melhor do que o trabalho da fábrica. Vestiu o uniforme, mas não chegou a entrar em campo. Tempos depois, conseguiu jogar um pouco num fim de treino do Fluminense: Gradim, o técnico, não viu nada. Arati, jogador do Botafogo, apitou uma partida em Pau Grande e levou Garrincha para General Severiano.

Na primeira semana, jogou na extrema-direita dos aspirantes. Na segunda, estreou no time de cima contra o Bonsucesso, marcando três gols, um deles de escanteio, direto. Seu futebol fugia aos padrões conhecidos e ele foi, no início, classificado entre os doidinhos. Os doidinhos são aproveitados no futebol enquanto suas loucuras dão certo; logo que a lógica volta a prevalecer, rua. Apesar de ter jogado sempre a mesma enormidade, a aceitação de Garrincha foi demorada. Quando os botafoguenses já diziam que ele era um craque, as outras torcidas duvidavam: aquilo é um maluco.

Em 1954, escrevi uma reportagem sobre ele, especialmente para pedir a Zezé Moreira que, pelo menos, o experimentasse entre os convocados do escrete brasileiro. O técnico não deu bola e o Brasil fez feio na Suíça. Em 1958, vai no selecionado, mas como reserva de Joel, jogador da particular confiança técnica de Feola. Apesar de ter feito misérias no jogo amistoso contra o

Fiorentina, apesar de estar na cara o milagre de seu futebol, Mané ficou na cerca até o momento em que três pessoas mudaram seu destino. E o nosso Didi, Nilton e Bellini conseguiram convencer os dirigentes de que o Brasil não venceria a Rússia sem Garrincha. O resto todo mundo sabe.

POETA DO DIA: DYLAN THOMAS

Depois do Enterro

(À memória de Ann Jones)

Depois do enterro, do louvor dos burros, zurros,
do vento agitando orelhas como velas pandas, surdo tlec
tlec duma cavilha de madeira inserida alegremente no espesso
pé da tumba, postigos abaixados sobre as pálpebras, dentes em negro,
olhos babados de saliva, poças de sal nos punhos da camisa,
pancada matinal da pá que desperta o sono,
sacode o desolado menino que dilacera a garganta
na treva do féretro, espalhando folhas secas,
e com o soco dum veredito revela um osso à luz,
depois do festim do instante atulhado de lágrimas e cardos,
no quarto, com uma raposa empalhada e uma avenca murcha,
estou eu, em reverência a este monumento póstumo, só,
nas horas dedicadas ao soluçar, com Ana defunta e corcovada,
cujo coração, fonte e abrigo, costumava tombar em charcos
nos mundos ressequidos de Gales e afogar os sóis
(posto que esta imagem monstruosa a engrandeça demais;

sua morte foi uma gota coagulada; ela não haveria de me querer
abismado na sagrada torrente do seu coração;
haveria de querer repousar surda e profunda,
sem necessidade de druida para seu corpo destroçado).

Mas eu, o bardo de Ana, do alto dum átrio suspenso
convoco os mares todos ao ofício: que a língua lenhosa da sua virtude
balbucie como um alarme por cima das cabeças cheias de cânticos,
incline-se ao longo das matas de avencas e raposas,
que o seu amor cante numa capela parda,
abençoada seja a sua alma curvada por quatro pássaros em cruz.
Sua carne foi suave como o leite, mas esta estátua erguida para o céu...
com o seio agreste, e o crânio gigantesco e bendito,
é esculpida à sua imagem num quarto com uma janela molhada
duma casa brutalmente enlutada por um ano de perfídias.
Sei que suas mãos humildes e escalavradas e amarulentas
jazem na sua câimbra religiosa, seu murmúrio
esvaído numa palavra úmida, seu espírito esvaziado de súbito,
sua cara qual um punho retorcido numa dor esférica;
e assim Ana esculpida tem setenta anos de pedra.
Estas mãos marmóreas, impregnadas de nuvens, este monumental
argumento da sua voz entalhada, o gesto e o salmo,
me impelem para sempre de encontro a seu túmulo, até
que o pulmão sufocado da raposa se contraia e grite Amor
e a arrogante avenca agite sementes na janela escura.

BAR DO PONTO

Idades da Palavra

O poeta é a criança; o romancista é o adolescente; o ensaísta é a madureza; o crítico é a velhice.

Poesia nasce; romance cresce; ensaio pensa; crítica julga.

Se um poeta *pensa*, se um romancista *nasce* etc., as estações se misturam, ou grotesca, ou divertida, ou encantadoramente etc.

Num Shakespeare, por exemplo, aglutinam-se e expandem, em encantamento, todas as idades da palavra.

PIPIRIPAU

Antilivro

Nunca se imprimiu tanto. E nunca se aproveitou tão pouco. Devoram-se toneladas de papel impresso em todas as línguas, mas a percentagem de nutrientes desse palavrório é quase nada. A chamada democratização da cultura, em vez de sucos, fabrica perto de 100% de refrescos aguados, essas publicações fajutas já chamadas de *non-books*.

O antilivro vai expulsando do mercado a ciência, a informação e a literatura. O grotesco é que os novos gêneros de impressão não chegam nem mesmo a cumprir o que prometem nos títulos e nas orelhas: a livralhada sexual é idiota; a violenta é pueril; a de terror não chega a impressionar crianças; a esotérica é de dar pena; a fofoqueira ainda pode distrair, mas mente pelos dedos. Tudo feito sob receita para os burgueses B e C, cujos membros se julgam A *cum laude*. O século xx lê mais que o século passado. Mas nosso avô comia um bife, e o nosso contemporâneo entulha-se com um saco de farinha ou pólvora ou titica.

GRAFITE

Nossa Homérica Pelada

Inspirada por Atena, Nausícaa, filha do rei Alcínoo, lava suas roupas na praia em companhia das servas. Feito o serviço, as moças improvisam um piquenique à beira-rio e jogam bola. A princesa erra um passe, mandando a pelota pra fora de campo, provocando gritinhos nas outras e principalmente acordando Ulisses, que se abrigara na ilha durante uma tempestade.

SUPLEMENTO INFANTIL

Belloc em Dezembro

Aos meus amigos desejo tudo de bom!
Bem-bom!... bem-bom!... bem-bom!...
Aos inimigos, tudo de mau!
Na-tal!... Na-tal!... Na-tal!...

CORISCOS

Coriscos no Bairro dos Funcionários

Segundo um poeta lúcido e doido, os hotéis são caros, mas os bordéis são baratos.

*

Pra você que é pianista da casa — disse uma profissional da casa — eu faço preço de custo.

*

Sabedoria... a máxima seria anoitecer como um bêbado e amanhecer como um abstêmio.

6

Artigo Indefinido
FERNANDO PESSOA

O Gol é Necessário
SORTE

Poeta do Dia
PASCOLI: ÚLTIMO SONHO

Bar do Ponto
BECO

Pipiripau
MERCADO DE VIRTUDES

Grafite
MODERNETE MORAL FORA DE MODA

Suplemento Infantil
DILÚVIO: CHESTERTON

Coriscos
CORISCOS NA FLORESTA

ARTIGO INDEFINIDO

Fernando Pessoa

No ano de 1888 é publicado Os Maias, de Eça de Queirós; nasce em junho o poeta Fernando Pessoa, que jamais chegou a entender ou admirar o primeiro; as duas figuras modernas de Portugal que mais impressionam o leitor de nossos dias só poderiam encontrar-se por um desses exercícios artificiosos que se chamam paralelos.

Desconhecido inteiramente do público, mas prestigiado por pequeno grupo, Pessoa é o inspirador de movimentos literários que escandalizam os intelectuais lisboetas. Escreve irritantes artigos de estética. São surtos efêmeros, mais ou menos brilhantes, tocados de boa auréola de mistificação, sincera ou insincera, e que recebem nomes igualmente sofisticados: paulismo (de pauis), interseccionismo, sensacionismo. Das conversas de café surge a inevitável *revista dos literatos inconformados — Orfeu — da qual são publicados dois números em 1915.*

Vivendo pobremente, empenhado na correspondência inglesa e francesa de escritórios comerciais, Pessoa engaja-se na preocupação obsessiva de fazer o autodiagnóstico psíquico.

O austríaco Max Nordau, discípulo de Lombroso, tem uma influência exagerada sobre as ideias do poeta, que se considera um degenerado à luz de uma doutrina que há muito deixou de ter beneplácito científico. É também na mesma fonte que procura explicação, quase sempre engenhosa e sempre tortuosa, para os desdobramentos de personalidade de que resultaram os heterônimos. Ao que me parece, toda a terminologia, toda a orientação científica de Fernando Pessoa, não passou de defesa inconsciente contra a força desconjuntiva de seu desequilíbrio emocional. Ele próprio classifica-se como "histeroneurastênico" com uma convicção sectária. (Seu medo desordenado muito faz lembrar as crises de outro artista de identidade flutuante e ubíqua — Virginia Woolf.) Por outro lado, as teorias de Nordau sobre a superior degenerescência do artista talvez lhe valessem como um atestado liberatório da excepcionalidade de seu gênio. É possível que Pessoa tenha passado a existência toda a pretender-se um gênio, a posar de gênio, sem ter a certeza do que era de fato um gênio. A abulia foi o caldo corrosivo em que se deixou destruir gradativamente.

Pobre Pessoa, um tímido, um pobre, um abúlico, um bêbado, tendo de abrigar em seu corpo frágil e doentio trezentas ou 350 pessoas, nascidas ao mesmo tempo do caos e de uma inteligência racionalizante em excesso. Pois, além dos heterônimos, há inúmeros anônimos que passaram por Pessoa, que nele viveram temporadas mais ou menos breves. O "drama em gente" não se limitou à literatura. E uma dessas pessoas, bem inesperada, seria o médium, que em certa época passou a receber, através de suas mãos, misteriosas mensagens. Outra seria o platônico apaixonado que acompanhava a moça de escritório depois do trabalho e lhe escrevia cartas, que não seriam de amor se não fossem ridículas. Outra seria o cabalista que acaba se envolvendo num caso policial por artes e tramoias de um inglês muito adoidado. Certo é que a vida de Fernando Antônio Nogueira Pessoa seria uma barafunda incongruente se não emanasse de todas as suas distorções um nítido e harmonioso gênio poético.

O GOL É NECESSÁRIO

Sorte

Uma vez um garoto louco por futebol me perguntou se eu tinha assistido à Copa do Mundo de 1950. Depois de pedir-me que lhe contasse, mais uma vez, a contundente final com o Uruguai, com emoção a cintilar pelos olhos, me disse: "Puxa, rapaz! Que sorte a minha!". E me explicou o motivo da felicidade: "Ué! eu ainda não tinha nascido!".

POETA DO DIA: GIOVANNI PASCOLI

Último Sonho

De um imóvel fragor de carruagens
de ferro, no caminho do infinito,
entre choques agudos e selvagens,
de repente, a mudez. Não mais aflito,

o tempo do meu mal chegava ao fim
num hálito. Num frêmito de cílio
vi sem espanto vir ao pé de mim
minha mãe: reunia-se a seu filho.

Eu quisera talvez, livre ou vazio,
descruzar minhas mãos, mas não o quis.
Ouvia-se insistente um murmúrio
como cipreste em frêmitos sutis

ou um rio buscando por um mar
inexistente por um vale errante;
e eu ia atrás do inútil murmurar,
sempre o mesmo, mas sempre mais distante.

BAR DO PONTO

Beco

Voltar pra Minas,
ah, isso eu não volto mais não!
Mas tem um trem: sair de Minas,
ah, isso eu não saio nunca não!

PIPIRIPAU

Mercado de Virtudes

É como dizia o Maria: "Não se meta com mulher honesta, que sai caro paca!". Ou como dizia a tia do Coelho, a de Bauru, a que caiu, ou entrou na vida, como quem cai, ou entra, na piscina, já toda arrependida no primeiro mergulho: "Pois é, Lulu, a coisa mais rendosa do Brasil ainda é mulher honesta!".

GRAFITE

Modernete Moral Fora de Moda

a dama
que ama
na cama
da fama
da trama
do drama
da dama
na lama

SUPLEMENTO INFANTIL

Dilúvio: Chesterton

Noé na hora da janta dizia à mulher:
"Desde que não chova no meu vinho,
pode chover quanto quiser!".

CORISCOS

Coriscos na Floresta

Maturidade é recolocar, em juízo, os dramas do adolescente.

✻

Nada do que é humano me é estranho, a não ser a *joie de vivre*.

✻

Rebeldia é instinto de conservação do entendimento.

✻

O diabo da escola da vida é a bagunça do método pedagógico.

✻

O bom/ruim não foi ontem nem será amanhã. É agora. Usa, pois, a tua astúcia.

7

Artigo Indefinido
CONTRADIÇÕES DE MARK TWAIN

O Gol é Necessário
VAI DA VALSA

Poeta do Dia
ÉLUARD: A AMOROSA

Bar do Ponto
BOMBA E POLUIÇÃO

Pipiripau
ARTE DA HISTÓRIA

Grafite
REVOLUÇÃO ESPIRITUAL

Suplemento Infantil
MENINO LEVADO (KEATS)

Coriscos
CORISCOS NA SERRA

Artigo Indefinido

Contradições de Mark Twain

Mark Twain raramente duvidou de que fosse um homem engraçado; mas nunca teve certeza de ser bom escritor. Sempre dependeu dos outros para informar-se se o que escrevia era bom ou não prestava. Ouviu conselhos até de pessoas que não entendiam do riscado. Entretanto, T. S. Eliot, que seria o bicho-papão da crítica literária, escreveu que o estilo de Mark Twain de certa época era um redescobrimento da língua inglesa. E Hemingway diria que Huckleberry Finn *(que está fazendo noventa anos) era o melhor livro americano, de onde tudo partiu, jamais ultrapassado.*

Como Hemingway, Twain acreditava no azar e na sorte. Acreditaram-se ambos homens de sorte — até o momento, bem definido, em que a deusa os abandonou e entraram por um cano sombrio.

Durante a vida toda foi um homem em perpétuo movimento. Agnosticismo de pai e calvinismo de mãe estão na base das numerosas contradições de quem tirou das ambiguidades e semelhanças dos irmãos gêmeos um ponto de partida para intermináveis reflexões sobre a natureza humana. A dupla personalidade é pensamento que retorna sempre a suas cogitações. Ainda nos dias que precederam sua morte, dois temas obsessivos empolgaram o velho fatigado: a formação de sindicatos (arma do fraco contra o forte) e a duplicidade Jekyll-Hyde.

O humor, originalmente rural, só na década de 20 seria urbanizado. Mark Twain nasceu humorista em estado bruto. Levou anos e anos aprendendo a fazer graça. Ou aprendendo a fazer dinheiro de graça. É em torno do dinheiro que se tece outra trepadeira de contradições do humorista. A falta de dinheiro é a raiz de todo o mal. Levou a vida tentando abater a raiz de todos os males, metendo-se em projetos que deveriam dar para juntar dinheiro suficiente a uma existência beatífica. Chegou a crer que faria uma das grandes fortunas americanas. Essa confiança desassisada na mina de ouro (tratava-se, no caso, duma impressora tipográfica revolucionária) acabou por levar à falência e à humilhação um velho cheio de glória, amigo dos ricaços, íntimo de Ulysses Grant, convidado de honra do Kaiser, admirado pelos últimos monarcas e pelos primeiros presidentes de novas repúblicas. Por outro lado, disse que o verdadeiro perigo amarelo era o ouro.

Sempre que fracassava em qualquer empreendimento, voltava a ser conferencista, dedicando-se a isso como o diretor que calcula todos os efeitos duma montagem cômica. Acabou odiando esse gênero de trabalho quando se viu forçado a repetir espetáculos ambulantes à cata de remendos para suas finanças erguidas e arruinadas uma porção de vezes.

O irreverente Mark Twain seria o mais grave e convencional dos maridos, zangando-se quando um estranho se referia a sua família em termos que fugissem um pouquinho à formalidade. Todo o substrato puritano desse cínico condensou-se nas relações familiares. Como pai, o mais quadrado que se possa imaginar. Foi companheiro de Freud ao determinar que o Dom Quixote não era leitura honesta para noivas castas. Nos últimos anos, fechado na dor brutal de numerosas mortes na família, o engraçado se fez arrependido, atormentando-se nas teias de vasto e difuso complexo de culpas.

Em suma, foi um trágico humorista, que se arrependeu de todas as coisas da vida. Teve por consolo final o alívio dos piores desesperados: nada era importante, tudo não passava de fantástica brincadeira. De fato não teve graça o fim da vida do homem que escreveu isto: "Acho que somos apenas microscópicos vermes ocultos no sangue de uma enorme criatura, e é com esta criatura que Deus se preocupa, e não conosco". Ele próprio dera para passar horas olhando por um microscópio, assombrado com a pluralidade dos mundos e a disparidade das dimensões. Os números o obcecavam; confessou que nunca se sentiu atraído pela ficção e só gostava de ler os fatos e as estatísticas.

Tendo crescido às margens do Mississippi, as realidades e os símbolos do rio entranharam-se nele. Todos os grandes rios que fez questão de contemplar eram o Mississippi. Dos pequenos escarneceu, tendo dito que o Arno seria mesmo um rio caso bombeassem um grande volume de água para dentro de seu leito. O Neckar era tão estreito que uma pessoa poderia lançar um cachorro dum lado para o outro. Em compensação, o Nilo era tão largo que só possuía uma margem. Também o Amazonas andou na imaginação desse místico da realidade: antes de tornar-se escritor, pretendeu explorar-lhe as origens (segundo alguns) ou explorar-lhe o cacau (segundo outros). As duas coisas certamente.

Considerava-se um preguiçoso nato esse monstro de energia, mas quando imaginava o paraíso duma vilazinha alemã, onde ninguém o conhecesse nem falasse inglês, seu objetivo era trabalhar em paz.

Já sucesso em sua terra, foi à Inglaterra, onde pensava colher material para uma gozação de vendagem garantida; a recepção carinhosa dos ingleses atrapalhou-lhe os planos; tornou-se anglófilo. Trocaria depois a Inglaterra pela Alemanha, onde era reconhecido na rua e olhado com veneração. Irritando-se com os costumes licenciosos dos franceses, colecionava por escrito as mais picantes anedotas de Paris.

Mark Twain foi uma ilustração desta observação que pertence a ele e a todo o século XIX: "Todo homem é uma lua, e tem um lado escuro que não mostra para ninguém". A partir dos psicanalistas de Viena e dos astronautas americanos, estamos tentando esclarecer essa obscuridade moral e física.

Mark Twain, depois de crises de amor e desamor pela civilização, chegou a uma conversão negativa: o Grande Século fora um fracasso, a democracia chegara a um sombrio coletivismo industrial. A visão enquadrava-se na moldura maior do pessimismo cósmico do humorista: a vida não tinha sentido nem dignidade. O resultado de todas as vidas é um lugar-comum: o coração partido.

Mas raro escritor foi tão compassivo com os pobres e tão afeiçoado aos humildes. Não porque a pobreza fosse santa (a eterna hipocrisia), pelo contrário: porque a miséria era a mãe da gula, da sordidez, da inveja, do ódio, da malícia, da crueldade, da mesquinharia, da mentira, da fraude, do roubo, do assassinato.

Humorista para ele era justamente a pessoa que possuía uma simpatia radical pelos pobres e humilhados.

O Gol é Necessário

Vai da Valsa

(Versos ingênuos, mas sinceros, que um jogador envia, por nosso intermédio, aos dirigentes de futebol que obrigam os profissionais a disputar as partidas mais sérias do campeonato num calor selvagem.)

Domingo,
no jogo,
que cansa,
na dança
do fogo,
ficaste
de longe,
bebendo
gelado,
sorvendo
sorvete,
jogado
ao tapete
moderno,
defronte
à tele
visão;
mas eu
no inferno,
na chama
da grama,
o craque,

basbaque,
driblava,
suava,
corria,
sofria,
mais que
um cão.

Quem dera
que sintas
as dores,
calores
que nunca
sentiste!
Quem dera
que sintas!
Não negues,
não mintas...
— Fugiste!

Te digo
que luto,
que chuto,
que passo,
que faço,
me esbaldo
me esqueço
me escaldo;
te digo
que brigo
sem brisa,
sem bicho,
disputo

capricho
só por
amor;
mas queres
que finto,
requebre,
requinte,
me bata,
rebata,
que marque,
que volte,
que corte,
que chute,
dispute
com este
calor!?

Quem dera
que sintas
as dores,
calores,
que nunca
sentiste.
Quem dera
que sintas!
Não negues,
não mintas
— Fugiste!

Queria,
cartola,
te ver
sem tevê,

na chama
da grama,
batendo
na bola,
correndo,
gemendo,
suando,
gritando
de espanto
com tanto
calor!
Um só
minuto
que fosse,
se tanto,
queria te ver!
Ah, pobre
cartola,
rebola
no fogo
do jogo
da bola!
Eu juro,
que logo
suado,
cansado,
gritavas
por tua mamã:
quem dera
que jogues
fumando
charuto
só esse

minuto
no Maracanã!

POETA DO DIA: PAUL ÉLUARD

A Amorosa

Está de pé nas minhas pálpebras
os meus cabelos com os seus,
a forma tem das minhas mãos
e tem a cor dos olhos meus
e mergulhou na minha treva
como uma pedra contra o céu.

Seus olhos ficam sempre abertos,
não me deixando mais dormir.
Os sonhos seus à luz do dia
fazem delir todos os sóis,
me fazem rir, chorar e rir,
falar sem ter o que pedir.

BAR DO PONTO

Bomba e Poluição

Através desse claro biologista que se chama Jean Rostand,

filho caçula do autor de *Cyrano*, temos esta visão nova de Montesquieu: "Temo sempre" — escreve Rhedi a Usbek nas *Cartas persas* — "que se chegue a descobrir por fim algum segredo que forneça um expediente mais curto para fazer perecer os homens, destruir os povos e as nações inteiras". E também aprendemos que, para Herbert Spencer, o primeiro dever do Estado é fornecer aos cidadãos um ar não viciado.

PIPIRIPAU

Arte da História

O bom historiador que escreve mal
devia entregar o seu material
ao mau historiador que escreve normal.

GRAFITE

Revolução Espiritual

Quase todos vivem em permanente rendição. Os melhores alternam períodos longos de rendição com tumultos libertários. E só os raros vivem em guerra permanente pela independência.

SUPLEMENTO INFANTIL

Menino Levado (Keats)

Era uma vez um menino
levado como um saci,
vivia num rodopio,
sempre lá, jamais aqui.

*

Meteu na sacola
a blusa de malha;
depois a toalha;
pra sua cachola
um gorro bem quente,
escova de dente;
e meias; e pente.
E o livro onde curtia
o som da poesia!

*

Prendeu a sacola
nas costas, bem forte;
tirou uma reta
detrás do nariz,
partindo o poeta
no rumo do Norte.
Que nariz feliz
no rumo do Norte!

*

Era uma vez um menino
levado na ventania
que sopra da poesia.

*

Levou consigo um tinteiro
que, durante um mês inteiro,
poderia dar, por dia,
um litro de poesia.
Na mão direita uma pena
que valia uma dezena.

*

Lá se foi todo encantado,
só, numa nuvem de pó,
no rumo da serrania,
no pio da fonte fria,
onde, no mato assombrado,
voa no vale a ribeira,
e no vento, a feiticeira.

*

Na noite fria
ele escrevia
com seu calor
uma canção
do lado avesso
do casacão;

pois o travesso
tinha vapor
de resfriado
quando levado
na noite fria
da ventania.

*

Vejam que sorte
quando um menino
segue o destino
de seu nariz
na diretriz   do Norte!

*

Menino levado,
sem eira nem beira,
guardava peixinhos
nas tinas da lavadeira.
(Apesar do quiproquó da mucama!)
Pulava da cama
bem cedo sem medo
de sua avó,
e lá se ia
à poesia
do ribeirinho,
no desalinho
da pescaria,
da qual trazia
sua traíra
bem caipira;

o seu cascudo,
pouco taludo;
bagre em dieta
qual um poeta;
barrigudinho
mais pequenino
que o mindinho
dum bom menino
bem miudinho.

*

Que confusão
a vocação
do pescador!
Que confusão
na profusão
do seu amor!

*

Era uma vez um menino
levado como um saci,
se mandou para a Escócia
ver o que havia ali.

*

E viu então
que lá o chão
era de terra
como era o chão
da Inglaterra!

E a légua lá
como a de cá,
medida à régua,
dava uma légua!
E viu então
que uma canção
bem escocesa
é tão contente
quanto uma inglesa!
Pra que se veja
uma cereja
resplandecente
é escusado
ter de deixar
a própria terra!
Serrote serra
tábuas de casa!
Chumbo é pesado!
E quem voar
tem de ter asa!

*

Pois o levado
que não sabia
ficar sentado,
que ia certo
como aprendiz
do rumo incerto
das reinações
de seu nariz,
ficou parado,
ficou falando

com seus botões,
ficou pensando,
parado,
pensando,
parado...
menino
levado!

CORISCOS

Coriscos na Serra

Nunca tive cachorro nem gato; só tive árvore.

*

O pugilista dá socos à procura de paz.

*

Um prato cintilante ao sol levou Behmen ao misticismo: sem mescalina.

*

A *Création du Monde* de Du Bartas (?) teve trinta edições em seis anos! a *France Juive* de Drumont (?) teve 150 edições em um ano!

8

Artigo Indefinido
ELE E ELA

O Gol é Necessário
NA DÉCADA DE 50

Poeta do Dia
ELIOT: O HIPOPÓTAMO

Bar do Ponto
ANDANTINO

Pipiripau
RUS IN URBE

Grafite
GRIFO

Suplemento Infantil
A EDUCAÇÃO SENTIMENTAL

Coriscos
CORISCOS NO BAIRRO DOS FUNCIONÁRIOS

Artigo Indefinido

Ele e Ela

Ao tentarmos escrever o eterno diálogo do homem e da mulher, percebemos que essa conversa existia maravilhosamente entranhada nas obras poéticas de dois grandes artistas brasileiros de nosso tempo: Cecília Meireles e Emílio Moura, dos maiores líricos da língua. A composição respeitou a integridade dos versos dos dois poetas, sendo utilizada a *Obra poética* de Cecília Meireles (Editora José Aguilar) e o *Itinerário poético* de Emílio Moura (edição da Imprensa Publicações de Minas Gerais). As afinidades do lirismo de ambos emprestam ao diálogo unidade e espontaneidade.

ELE — Por que não te conheci menina?
ELA — Fui morena e magrinha como qualquer polinésia, e

comia mamão, e mirava a flor da goiaba. E as lagartixas me espiavam, entre os tijolos e as trepadeiras...

ELE — Por que não te conheci quando ias para o colégio?

ELA — Conservo-te o meu sorriso para, quando me encontrares, veres que ainda tenho uns ares de aluna do paraíso.

ELE — Teu sorriso é tão puro que te ilumina toda.

ELA — Quero apenas parecer bela.

ELE — Nunca te entendo, tantas te vejo. Qual a que vive, qual a que inventas?

ELA — A vida só é possível reinventada.

ELE — E a vida, que é?

ELA — Ando à procura de espaço para o desenho da vida. Saudosa do que não faço, do que faço, arrependida.

ELE — De repente, tudo se torna tão irreal que te sinto invisível.

ELA — Digo-te que podes ficar de olhos fechados sobre o meu peito, porque uma ondulação maternal de onda eterna te levará na direção do mundo.

ELE — Tudo em ti é viagem. Viajas até mesmo ao redor de tua inacreditável imobilidade.

ELA — Até sem barco navega quem para o mar foi fadado.

ELE — Eis a nossa fraqueza: essa necessidade de compreender e de sermos compreendidos, essa febre de ser, esse espanto...

ELA — Agora compreendo o sentido e a ressonância que também trazes de tão longe em tua voz.

ELE — Eu queria que me pertencesses como a cor à luz, como a poesia ao poeta.

ELA — Tenho fases como a Lua. Fases de andar escondida, fases de vir para a rua... Perdição da minha vida! Perdição da vida minha! Tenho fases de ser tua, tenho outras de ser sozinha.

ELE — Tenho medo de mim, de ti, de tudo... Cada gesto que fazes é uma aventura nova que se inicia.

ELA — Nunca eu tivera querido dizer palavra tão louca...

ELE — Quero-te muito. É como quem recria uma rosa.

ELA — Sou como todas as coisas: e durmo e acordo em tua cabeça, com o andar do dia e da noite, o abrir e o fechar das portas.

ELE — Sonho. És sonho. É tarde, é cedo?

ELA — Quero um dia para chorar. Mas a vida vai tão depressa!

ELE — Ah, ser contraditório, dividido, disperso!

ELA — Somos um ou dois? Às vezes, nenhum. E em seguida, tantos.

ELE — Vieste do Cântico dos Cânticos: "Os teus cabelos são como um rebanho de cabras...".

ELA — Já fui loura, já fui morena, já fui Margarida e Beatriz. Já fui Maria e Madalena. Só não pude ser como quis.

ELE — Sonho que surges diante de mim como quem desce do Líbano.

ELA — Serás o rei Salomão? Por isso, em meu corpo vão brotando, em mornos canteiros, incenso, mirra, e a canção.

ELE — Fabrico uma esperança como quem apaga algo sujo num muro e ali, rápido, escreve: Futuro.

ELA — Uma palavra caída da montanha dos instantes desmancha todos os mares e une as terras mais distantes.

ELE — É sonho o sonho?

ELA — Nunca existiu sonho tão puro como o da minha timidez.

ELE — Na verdade, eu já te esperava desde o princípio.

ELA — O mar imóvel de teus olhos...

ELE — És linda como a manhã que nasce. Que amor o meu! Olha, até parece que somos eternos, livres e eternos.

ELA — Tu és como o rosto das rosas, diferente em cada pétala.

ELE — E a rosa, a rosa o que será?

ELA — A surda e silenciosa, e cega e bela e interminável rosa.

ELE — Quanto mais nos falamos, mais sinto necessidade de ti. Que nos ficou de tudo o que não fomos?

ELA — Nada sei. De nada. Contemplo.

ELE — Estou diante de ti. Nu e silencioso. Por que não te prevaleces deste instante e não me revelas quem sou?

ELA — Ah! se eu nem sei quem sou...

ELE — Para onde vão os teus caminhos? De onde vêm eles?

ELA — Primeiro, foram os verdes e águas e pedras da tarde, e meus sonhos de perder-te e meus sonhos de encontrar-te. Mas depois houve caminhos pelas florestas lunares, e, mortos em meus ouvidos, mares brancos de palavras. E eram flores encarnadas, por cima das folhas verdes. (E entre os espinhos de prata, só meus sonhos de perder-te...)

ELE — Aqui estou, tímido e humilde.

ELA — Pois aqui estou, cantando.

ELE — Agora que estou diante de ti, já não me pertenço.

ELA — Nossas perguntas e respostas se reconhecem como os olhos dentro dos espelhos. Olhos que choraram.

ELE — Tua presença me invade como a revelação do irreal.

ELA — Conversamos dos dois extremos da noite, como de praias opostas.

ELE — Diante de meus olhos matinais, as coisas se ordenam simples e perfeitas: o céu, o mar, teu corpo. Ah, o teu corpo!

ELA — Por mais que me procure, antes de tudo ser feito, eu era amor.

ELE — Que tudo o mais é perdido.

O Gol é Necessário

Na Década de 50

Está ficando em moda uma linguagem dos cronistas esportivos, que é coisa mais preciosa e mais "psicológica" que se possa imaginar. Escrevem mais ou menos assim:

"O juiz trilou o apito com energia e o prélio começou com este desencanto próprio dos minutos primeiros, em que os contendores se analisam em três dimensões, e medem suas ações com espírito e economia de forças. A ofensiva do Vasco interferia com autoridade, ainda que se ressentisse de leveza nas infiltrações pelo flanco esquerdo, onde avultava, morosa e viril, a personalidade de Ipojucan. A Portuguesa se articulava com mestria e inspiração, em uma progressão técnica mais aritmética do que geométrica, sugerindo a irredutibilidade de seu reduto. De modo geral, o padrão de jogo nesses instantes era elevado, estratégica e moralmente, quando veio, inesperado e patético, o tento de Julinho. Deu-se, naturalmente, um nervosismo, comprometedor para um cotejo dessa estatura, nas hostes da Cruz de Malta. O relógio escoava implacável. Mais segura de seus efeitos, em lances subjetivos, a Portuguesa, com a inabalável e empolgante superioridade de um tento, bem evidente no marcador, onde fulgia o sol tropical, dominava as situações herméticas e se impunha amplamente, com ímpetos louváveis. Os de São Januário, com a defesa cheia de afirmações positivas, mas com a vanguarda dispersiva e anódina, perdiam a lucidez imprescindível às jogadas. Os cruz-maltinos, em uma palavra, quedavam-se parcimoniosos. Foi quando interveio, sacrificando a beleza olímpica da pugna, o lamentável incidente Pinga-Eli, ainda que temperado no calor da ação."

Poeta do Dia: T. S. Eliot

O Hipopótamo

O espesso hipopótamo dorme
com sua barriga no mangue;
pareça embora firme, enorme,
não é senão de carne e sangue.

A carne fraca, o sangue ralo,
podem causar choques nervosos;
A Igreja não sofre abalo
porque se funda em chãos rochosos.

Fraco, o hipo pode perder-se
ao procurar seus provimentos,
mas a Igreja, sem mexer-se,
pode colher seus rendimentos.

Não pode o pótamo se alçar
até a manga da mangueira;
romãs, pêssegos de além-mar,
sabem à Mestra verdadeira.

Amando, o hipo tem na voz
roncos grotescos e plebeus;
aos domingos ouvimos nós
a Igreja juntar-se a Deus.

O hipo dorme a tarde inteira,
durante a noite sai à caça;

pode a Igreja verdadeira
dormir e se nutrir de graça.

Vi o pótamo, asas ganhando,
voar acima das savanas,
em torno os anjos entoando,
para a glória de Deus, hosanas.

No Céu, no sangue do Cordeiro,
suas manchas serão lavadas;
por entre os mártires, fagueiro,
irá tocar harpas douradas.

E terá, limpo, da brancura
da neve, o beijo virginal;
embaixo a Igreja perdura
na velha marema letal.

*

BAR DO PONTO

Andantino

Andar era um gesto social, espairecer, embeber-se de ambiente. Hoje a gente vê na praia o documentário da solidão: o cavalheiro, ainda em idade aspirante, que vai marchando como um teorema. *Quod erat demonstrandum.* Sozinho e sem fervor. A mocinha de malha, no seu balé dietético, furando um ilusório universo em linha reta, tão só, tão desvinculada, tão empolgada a um rotor de deveres tribais. O garotão que galopa como último mensageiro dum mundo esvaziado, a burilar sua imagem de Apolo sem a faísca da divindade. A senhora corpulenta, lenta, e a senhora macilenta, lenta, prescritas pelo doutor. Fazem o *cooper*, dizem, e fazem solidão. No entanto o *footing* (no Triângulo Mineiro era vaivém) acabou ainda ontem, e o vaivém, enjeitado como intolerável cafonice, era a alma da cidade, a vida num ramalhete, a civilização possível, a paquera espontaneamente organizada, ou seja, o amor do vizinho levado à intensidade máxima, isto é, paroquial. Mas andar virou afirmação e profilaxia. Deixou de ser uma ternura.

PIPIRIPAU

Rus in Urbe

Em *Rus*, ainda, alguma urbanidade;
em *Urbs*, só rusticidade.

GRAFITE

Grifo

O que em mim
sorri
eu sofri

Suplemento Infantil

A Educação Sentimental

De todos os animais só o homem não tem jeito pra educador. A educação humana servirá à vida emocional do adulto como roupa que sobra ou aperta. De duas, uma: sufoca-se o anjo da criança, liberando o diabo, ou sufoca-se o diabo, liberando um anjo inerme.

Existe, sim, a exceção da alternativa: sufocam-se anjo e diabo, liberando um suíço.

Coriscos

Coriscos no Bairro dos Funcionários

A comunicação moderna propaga eletronicamente o pensamento contido na notícia, e o volatiliza.

*

Anaxágoras, colega, perdeu o cartaz quando afirmou que o Sol era uma massa incandescente do tamanho do Peloponeso.

*

Escritor é quem tem dificuldade para escrever; quem tem facilidade para escrever é orador.

*

A verdade, essa mitômana.

*

O vazio me enche.

9

Artigo Indefinido
JOHN DOS PASSOS

O Gol é Necessário
PASSES DE LETRA

Poeta do Dia
SALINAS: ERRO DE CÁLCULO

Bar do Ponto
LINHAS TORTAS

Pipiripau
MADRE É A MÃE

Grafite
BEM FEITO!

Suplemento Infantil
PARA UM MENINO FELINO

Coriscos
CORISCOS NA LAGOINHA

ARTIGO INDEFINIDO

John dos Passos

Ele andou por aqui em 1958, e Fernando Sabino o apelidou de Johnny Walker. O escritor riu com prazer, dizendo que a brincadeira ainda não ocorrera a nenhum de seus amigos. Era um trocadilho pelo menos triplo.

Gostou muito mais de Ipanema e Leblon (que não lhe mostraram em sua primeira visita) do que de Copacabana. E tomava café sem açúcar, não por dieta, mas por gosto.

Considerava-se um arquiteto frustrado, como o nosso Manuel Bandeira, e estava de olho no Palácio da Alvorada. Dez anos antes, percorrera as favelas cariocas, não à cata de pitoresco, mas tangido pela compulsão humana.

Por falar nisso, o americano jamais se livraria de um sentimento de culpa, uma espécie de pecado original: o de ter lançado a primeira bomba atômica. Mas o homem, que esteve preso durante o caso Sacco-Vanzetti, não era mais um radical: entrara, ao que parecia, em comunicação nostálgica e impraticável com o espírito liberal de Thomas Jefferson. O processo dos anarquistas italianos estava encerrado: John dos Passos era um triste, querendo amar a vida e colocar as coisas em ordem.

Jefferson punha o bom humor acima de todas as coisas e o romancista parecia admirar mais os humoristas do que os escritores sérios. Aliás, lia pouco: precisava do tempo para escrever. Dos nacionais conhecia Casa-grande & senzala, Os sertões, de Da Cunha, e encabulou por aí. Pretendia enriquecer esse patrimônio com a leitura de Memórias do cárcere e Guimarães Rosa. Mas estava com a geografia brasílica na ponta da língua.

Apreciava especialmente três coisas: conversar, bebericar e navegar. Então fomos para um restaurante do velho mercado. Mas detestava três outras: perguntas de algibeira, burocracia e conversa literária.

— O senhor conheceu James Joyce?

— Rapidamente, em Paris. Sou grande admirador dos contos e do Retrato do artista; há trechos de incomparável beleza no Ulysses (sobretudo os monólogos) e outros chatos. Finnegans Wake é impossível de se ler.

Cais e mercados eram coisas bonitas em todos os lugares do mundo. Ótima a carta de JK ao presidente Eisenhower.

Era alto, corpulento, extremamente polido, afável. Podia ser primo de Alceu Amoroso Lima.

Dava-se bem com arroz brasileiro e pediu risoto de camarão. E cervejinha bem gelada. Veio aqui por ter ficado entusiasmado com as coisas que Blaise Cendrars escreveu sobre o Brasil. Seu avô português chegou à Filadélfia em 1830 (mais ou menos) e o pai amava as tradições lusas.

Ezra Pound, sem dúvida, era um gênio, e estava louco, sem dúvida. Scott Fitzgerald era divertidíssimo, mesmo, ou até mais,

quando não se encontrava de pileque. Gostaria de ter escrito Guer-
ra e paz. A melhor descrição de Bogotá (capital da Colômbia) foi
feita por Charles Dickens, ao falar de certas zonas de Londres do
século passado. O melhor crítico americano era Edmund Wilson e
dos novos escritores admirava muito Eudora Welty. Certos versos
de Shakespeare e outros de Apollinaire viviam de ritornello em sua
cabeça.

*

As barcas iam e vinham. Pagava a pena conhecer Niterói? A
filha dele, de oito anos, adorava bicicleta. Aí ele tirou o caderninho
do bolso e anotou cuidadosamente: Ilha de Paquetá.

Poucos anos depois, o romancista me convidava por telefone a
almoçar. Estava muito mais afável, muito mais cansado, muito
mais conservador. E muito interessado pelos índios do Brasil. É
claro que o levei para conversar com o índio Noel Nutels.

O GOL É NECESSÁRIO

Passes de Letra

Mário de Andrade era entusiasta de futebol. Queixava-se dos 350 compromissos que o impediam de ser assíduo aos estádios. Em seus livros há algumas referências ao futebol, sempre com excelente conhecimento. Mário tinha especial predileção pelo estilo do famoso centromédio Brandão. Dizia, com sua inflexão enlevada: "É um ma-ra-vi-lho-so bailarino!".

Já conversei com Cyro dos Anjos e Rosário Fusco sobre

futebol. Curioso, os dois me apresentaram motivos idênticos para explicar o motivo pelo qual não gostavam do esporte: ressentimento. O autor do *Amanuense Belmiro*, em Montes Claros, era goleiro, desses que vão para o arco depois que os outros meninos escolhem as demais posições da linha e da defesa; o autor de *Carta à noiva*, nas peladas de Cataguases, era também péssimo goleiro, apesar de ótima envergadura.

Entre os escritores, um dos maiores fãs foi José Lins do Rego; uma vez, no campo do Vasco, durante um sururu, a Polícia Especial atirou o corpulento romancista por cima do aramado. Zé Lins costumava dizer, depois disso, que passou a ser o homem mais valente do Rio de Janeiro, pois, no inquérito, figurou como agressor da Polícia Especial.

O mais apaixonado e fiel era Octavio de Faria. Há anos, matando saudade do velho estádio, compareci ao campo do Vasco para ver um jogo do Fluminense com o São Paulo: encontrei na arquibancada o Octavio, no lado do sol, casaco e gravata, roendo as unhas como sempre.

José Honório Rodrigues e Valdemar Cavalcanti são rubros-negros inseparáveis. O primeiro é um alucinado. Depois dum jogo no Maracanã, no qual o Botafogo levantara o campeonato carioca contra o Flamengo, ele partiu para mim como se fosse me dar um soco na cara; a meio caminho, mudou de ideia e me deu um abraço, dizendo-me que era a primeira vez que cumprimentava um botafoguense depois dum campeonato perdido pelo Flamengo.

Também encontrava muito no Maracanã o bom e saudoso Cavalcanti Proença, que ia sempre para o meio da torcida popular, deliciando-se com as expressões do povo.

Lúcio Rangel era um dos maiores conhecedores da história futebolística do clube da rua General Severiano. Como quase não frequenta as partidas interestaduais e internacionais, o Lúcio explicava: "Sabe duma coisa? Eu não gosto de futebol, gosto é do Botafogo".

Em Belo Horizonte, o manso e místico poeta Emílio Moura durante mais de vinte anos compareceu aos estádios na companhia do manso e místico poeta Cristiano Martins. O Emílio, atleticano, perdia a calma e espinafrava acaloradamente o América; o manso Cristiano, americano, ouvia tudo em olímpica serenidade. Acabada a partida, Emílio invejava a superioridade do Cristiano. Vinte anos depois, num raro acesso verbal, o manso Cristiano revelou ao Emílio que, por dentro, ficava a zumbir de ódio e paixão.

POETA DO DIA: PEDRO SALINAS

Erro de Cálculo

Que sós, sim, que pudicamente sós
estávamos ali, no fundo do vazio
que muitos seres juntos criam sempre,
no salão do bar da moda onde entramos
para falar de nossas almas, refugando
com grande delicadeza
o ardil habitual
— lagos, praias, crepúsculos! —
que os amantes novos buscam!
Tão sós, e tão perto, entre as pessoas!
Perfeita intimidade, isenta de romanças,
de cisnes e ilusões,
sem outra paisagem ao fundo

além do arco-íris das garrafas de licores
e a chuva miúda
de frases engenhosas — saída de teatro —
com as quais gravatas brancas e decotes, de onze às doze,
assassinam devagar mais um dia.
Distantes, um pouco distantes,
entre nós dois a circunferência da mesa
se interpõe, como o símbolo do mundo
de cujos lados estamos
fatalmente apartados,
e, por isso, vivendo
o amor mais forte que há
sobre a terra: um grande amor de antípodas.
Por mútuo acordo,
para não tropeçar em rimas fáceis,
apartamos os olhos dos olhos:
tu a olhar a tua taça, e o seu abismo
— produto do Brasil, e sem açúcar —
como para um futuro
que é impossível ver mais claro por enquanto,
e que talvez te roube o sono; eu, o meu copo,
onde as bolhas
transparentes e redondas da soda
me oferecem grandes quantidades
de esperanças em miniatura,
que absorvo em goles lentos.

E conversar, e conversar nessa perfeita
forma de união na qual a simulada indiferença
mais que beijo ou abraço aproxima,
conversar sobre a nossa vida e seu vasto projeto no vazio
— estepes, mar, eternidade,

porvir sem confins e sem avisos —
como quem planeja uma viagem
por uma terra já de todo explorada,
com horários de trens e mapas à vista,
procurando encher noites e dias
com nomes de cidades e hotéis.
Falar de nossas almas, de sua grande agonia,
como se fala de um negócio,
com as inteligências afiadas,
fugindo à selva virgem onde vivemos
em busca deste sólido asfalto dos cálculos,
das cifras exatas, inventores
de uma aritmética de almas que nos salve
de qualquer erro futuro: enamorar
de outra nuvem, semear no deserto,
ou jazer na verde campina sorridente
de qualquer morte prematura.
Qualquer um desses riscos que poderia arruinar-nos,
como arruína uma tarde ou uma carta
daqui a cinco anos
se não é prevista e suprimida
por um eclipse ou deixando-a sem abrir.

Dizias, olhando no vazio,
bem devagar: "Sim, sim, se calculamos
que minha alma pode resistir a um peso
de trinta dias cada mês, ou pelo menos
de sete dias por semana, então...".
(Os garçons cruzam, tão vestidos de branco
sobre o piso brilhante e azulado,
que sem querer me lembro
do lago e dos cisnes de que fugimos.)

E ouço-te os cálculos
com dedos impacientes em um lápis
que pode apontar-me o coração
na tersa brancura do peitilho
ou um papel casual,
a não ser que a soma dessas cifras,
se é que contamos bem, tenha de ser
a eternidade ou pouco menos.
Continuamos sem olhar-nos. Olho o teto.
E quebrando de repente o nosso pacto,
por ordem superior, sinto
que se não houver um céu no qual amanheça
não farei mais anos na tua vida.
Um céu, um céu, um céu!
Só em um céu posso
fazer o balanço de teu amor junto ao meu:
as demais superfícies não me servem.
E o garçom — a ordem é tua —
acende lá no teto uma alba elétrica
onde cabem as contas todas do destino.
Digo: "Não seria melhor...". Outro projeto,
seus suspiros ou zeros, dá início no ar,
tão parecido às volutas débeis
da fumaça do teu cigarro, que já não sei
se eu é que o invento ou tu que o expiras.
Outra vez me extravio:

(Da mesa ao lado levanta-se
um casal; são Vênus e Apolo
disfarçados de Abelardo e Heloísa
e, para melhor dissimular, vestidos
à moda de Paris. Vão-se tratando

de "vós" como nos dramas.
Passam por um espelho e no mundo
se veem mais dois, mais dois, mais dois. De repente
se me afigura, todo alucinado,
que poderíamos ser um casal,
tu e eu, se tu e se eu... Vou me lembrando,
como quem antecipa o que deseja,
que, lá no paraíso,
houve outros dois, antes, que começamos
separados ou juntos, tu e eu, todos
por ser um casal; e esta insólita
descoberta me faz
abaixar a cabeça porque sinto
que vou de encontro ao teto antigo:
os nossos pais.)

A meu lado,
me chamas. Volto ao cálculo: "Dizia
que, se em vez de me esperares na estação
ou na esquina
da Sexta Avenida, me esperasses
dentro de alguma concha ou do olvido,
juntos poderíamos ir à Bolsa,
onde os fantasmas azulados
dos dias futuros,
os açambarcadores da sorte,
cotizam os destinos, e jogar,
comprando as ações mais seguras.
Se juntamos tu e eu os capitais
que entesouramos
à força de parcelas estranhíssimas:
anéis, discos, lágrimas e selos,

poderíamos ter para nós dois,
nada poupando para a velhice,
dando tudo...". Há uma pausa.
Nenhum de nós se atreve
a arriscar a cifra desejada
nem o sim que comprometa. Um mundo
treme de iminência no fundo das almas,
como tremia o mar frente a Balboa
à véspera de vê-lo. Olhamo-nos enfim.
Um anjo entra pela porta giratória,
todo enredado em suas próprias asas,
quebrando plumas, desastradamente.
Anjo da anunciação. O incalculável
pousa em nossas frontes,
e nós o recebemos de mãos dadas, de joelhos.

Não há nada mais a falar. Tudo já está
tão decidido como a flecha ao começar.
Subimos a escada: esta nos diz,
para nosso grande assombro,
que tudo isto se passou em um subterrâneo,
como as religiões que se iniciam.
Lá fora há uma rua como antes
e alguns táxis que aguardam seus corpos.
Pagando o óbolo a Caronte
entramos na barca
que sulca sem pressa a laguna da noite.
Do outro lado,
uma alcova, na praia da morte,
vai abrir-nos o grande vão
onde os cálculos todos se abismam.

150

BAR DO PONTO

Linhas Tortas

No mesmo dia 10 de dezembro de 1922 Einstein e Bohr receberam o Prêmio Nobel de Física.

A bomba iria explodir às 8h15 da manhã do dia 6 de agosto de 1945.

PIPIRIPAU

Madre é a Mãe

Um congresso LIB no México e um encontro de tradutores na PUC. Nem um nem outro tomaram conhecimento do seguinte: mãe em português continua sendo palavra intraduzível, quase sempre feia. Num livro de Alfonso Reyes (*La Experiencia Literaria*), em ensaio chamado "Aduana linguística", o antigo embaixador mexicano no Brasil faz referência a uma nota na qual Ronald de Carvalho se queixa da dificuldade de verter para o português o poema "Cobardía" do mexicano Amado Nervo. Ronald pergunta perplexo como exprimir, sem cair no ridículo, este verso: *Pasó con su madre*. Não há lírico brasileiro que se atrevesse a escrever: *Passou com sua mãe*. Iria por água abaixo a doçura do *hemistíquio*. Que fazer? *Passou com a mãezinha*? *Passou com a mãe dela*? *Passou com a mãe*? Não dá. Não há solução, conclui o brasileiro, e conclui Reyes, para o qual o teorema das paralelas encontra aqui uma clara demonstração.

GRAFITE

Bem Feito!

Quando um artista direito cede, aqui e ali, às seduções da moda, do paetê, do aplauso engatilhado, quase sempre paga por isso, ao tornar-se renomado por esses balangandãs de sua parte ou esses travestis de sua arte. As leviandades coquetes podem prolongar-se além do óbito do autor, ofuscando-lhe as verdades sofridas e perpetuando-se como um castigo póstumo.

SUPLEMENTO INFANTIL

Para um Menino Felino

O gato pensa um bocado!
Pensa de frente e de lado!
Esticado ou enrolado!
Satisfeito ou chateado!
Brincalhão ou preocupado!
Sem jantar ou já jantado!
Com saúde ou constipado!
O gato pensa um bocado!

Pensa no Império Chinês!...
Pensa no irmão siamês!...
Mas um gato sem talento
só tem este pensamento:
CAMUNDONGO! CAMUNDONGO!
Se te pego, te viro assim:
OGNODNUMAC!!!...

Coriscos

Coriscos na Lagoinha

A borboleta azul pousou no busto de Palas: Edgar Poe saiu voando.

*

De um osso a ciência procura refazer o animal que surgiu na terra e não existe mais. Uma repórter me entrevista sobre poesia, e a jovem, ignorando o cotidiano pré-histórico do monstro poético — vasta morfologia e complicada etologia —, só insiste em reconhecer, em cutucar e em proclamar o pobre e badalado osso do Museu de Boston.

10

Artigo Indefinido
CORAÇÃO DAS TREVAS

O Gol é Necessário
O INGLÊS

Poeta do Dia
GREGORY: LÁPIDE COM QUERUBIM

Bar do Ponto
MEMÓRIAS DE ELEFANTES

Pipiripau
ERA UMA VEZ UM NARIZ

Grafite
CONTRE-FUGUE

Suplemento Infantil
ANÔNIMO

Coriscos
CORISCOS NO ACABA MUNDO

Artigo Indefinido

Coração das Trevas

Joseph Conrad, escritor inglês, chamava-se József Teodor Konrad Korzeniowski, como está escrito com todas as letras na lápide de seu túmulo em Canterbury. Só a morte tentou restituir-lhe uma nacionalidade fantasmagórica. Não pode ter havido artista mais desenraizado. Teve de criar ou adotar uma pátria, uma língua, uma tradição, um ideal, como quem usa roupas alheias e precisa fazer imenso esforço para manter a aparência confortável e correta. Henry James, deixando os Estados Unidos e instalando-se de corpo e alma na Grã-Bretanha, fez uma operação espiritual bastante simples, se comparada à proeza de Joseph Conrad, órfão de tudo, isto é, um grande solitário. O comportamento de toda a sua vida foi marcado pela rígida afetação dos adotivos.

Os desencontros de sua existência começam pelo princípio.

Sua família era polonesa, mas ele nasceu (em 1857) na Podólia, uma província ucraniana dominada pela Rússia. Balzac morrera havia pouco tempo. O jovem Tolstói assiste horrorizado em Paris a uma execução capital. O jovem Dostoiévski executa trabalhos forçados na Sibéria. Turguêniev publica seus romances. Conrad era filho único de um proprietário de terras, espírito letrado, principalmente nas letras nacionalistas da Polônia contra a opressão czarista. A rebeldia patriótica leva seu pai ao exílio no norte da Rússia, quando Józef conta três anos de idade. Foram sete anos de privações. A mãe não resiste. Pouco depois, órfão também de pai, o adolescente passa a ser criado por um tio materno. Mais um grave desencontro ocorre quando o menino de quinze anos assusta o tio com uma deliberação estapafúrdia: o filho de uma família essencialmente agrícola, o mediterrâneo Korzeniowski, pretendia seguir a carreira do mar.

Submissão ou obstinação — não há meio-termo para os órfãos e desenraizados. Com dezessete anos, Conrad conhece suas primeiras experiências navais num veleiro, em Marselha. Associa-se com mais três na compra de um barco, que faz transportes proibidos e é posto a pique de propósito. Conrad fala fluentemente o francês, mas seu estoque de língua inglesa não vai além de umas poucas palavras quando, aos 21 anos, vê as costas da Inglaterra pela primeira vez, depois de uma infeliz história de amor e uma tentativa de suicídio. É a bordo de um navio inglês que conhece a Austrália. Em 1880 faz exames em Londres e obtém o posto de terceiro imediato ou coisa parecida. As deliberações obstinadas continuam a ser cumpridas: os mapas em que o menino se perdia se fazem contornos reais, principalmente no oceano Índico, no golfo do Sião, nas ilhas da Malaia.

Seis anos mais tarde obtém o certificado de Master Mariner. Aos 29 anos de idade é cidadão britânico. Conrad só podia equilibrar sua anarquia original com os padrões e horários da disciplina vitoriana. *Mais um desencontro vital de sua vida se dá em 1890, quando comanda um vapor fluvial no Congo Belga, onde encontra os símbolos dessa própria anarquia interior, repudiada com horror, mas fascinante e implacável. Criança, uma vez, ele apontara o interior da África: é para lá que eu vou. A viagem é assim a integração do seu destino e lhe fornece, ao longo da experiência rememorada, os dados explicativos de seu autoconhecimento, a revelação dos demônios de sua vida e de sua arte.*

Deixa a Marinha em 1893. Um dos passageiros de sua última viagem é John Galsworthy, futuro romancista, que descreveu mais tarde o comandante do Torrens, pele queimada de sol, magro, ombros largos, a falar inglês com acentuado sotaque. Conrad leva cinco anos para compor seu primeiro romance: A loucura de Almayer, *lido e recomendado por Edward Garnett e publicado em 1895. Os primeiros livros fazem certo sucesso restrito, conquistando os elogios qualificados de H. G. Wells, Henry James e Galsworthy. Só dez anos antes de sua morte, com a publicação de* Chance, *conquistaria muitos leitores, inclusive nos Estados Unidos. Passou suas penúrias financeiras e viveu quase sempre em Kent, com algumas viagens à França e à Polônia. Nos últimos tempos, a nostalgia das origens enfiou sua garra no aventureiro de todos os mares. Casou-se e fez dois filhos. Sempre às voltas com crises de artritismo gotoso, lutava ainda, ao escrever, com mais dois adversários: a língua estrangeira e a composição sofrida (mais de poeta que de prosador) de quem não se contenta com a dimensão linear da narrativa.* "Nostromo", *confessou uma vez,* "está terminado, fato pelo qual meus amigos podem congratular-se comigo como se eu tivesse me restabelecido duma doença perigosa." *Foi nesse penar profundo que escreveu treze romances, dois volumes de memórias e 28 contos (as* short stories *inglesas da época em geral são compridíssimas). Entre as principais obras:* Um pária das ilhas *(filmado na Inglaterra, com uma excelente representação de Trevor Howard),* O negro do Narciso, Lord Jim, Juventude, Coração das trevas, Tufão, Nostromo, A linha de sombra. *Se não me engano, Tufão (seguida de outras narrativas) foi seu primeiro livro traduzido no Brasil.*

Deixou inacabado Suspense, *um romance napoleônico. Surpreendido na Áustria ao estourar a Primeira Grande Guerra, conseguiu retornar à Inglaterra, onde andou por algum tempo prestando serviços de defesa na Marinha. Escreveu até o fim e morreu de repente, apesar da moléstia prolongada, de uma crise cardíaca, na manhã de 3 de agosto de 1924.*

Não é fácil escolher os melhores livros de Conrad. Lord Jim e Nostromo costumam ser os mais votados. Em geral, a crítica prefere as narrativas mais curtas. Visto a princípio por muitos apenas como um escritor de paisagens exóticas (essa visão estrábica, para alegria dos editores, continua até hoje), Conrad é de fato um romancista de altas e profundas pretensões. Todas as paisagens estranhas, todos os personagens excêntricos, serviam-lhe somente de pretexto ou (em linguagem de psicologia estética) de símbolos. Buscava com a ficção, exclusivamente, "o signo exterior de sentimentos íntimos". Sem filiação de escola literária, por meditada convicção, foi um simbolista, confessando-se certo de que todas as grandes criações da literatura têm sido simbólicas. A superfície, o enredo serviam para atrair o leitor comum à verdade dos símbolos.

Suas descrições são exatas, cruelmente exatas, como qualificou André Gide, tradutor de uma obra sua e admirador fervoroso. Outra entusiasta, Virginia Woolf, logo depois da morte do escritor, demonstrava que, para admirar os personagens e as aventuras contadas por Conrad, precisamos ter uma dupla visão, devemos estar ao mesmo tempo por fora e por dentro.

Muitos livros e autores, tanto de nossa época como do passado, deveram a ampliação de sua audiência, pelo menos nos meios mais intelectualizados, a uma referência airosa de T. S. Eliot. É precisamente o caso de Heart of Darkness *(Coração das trevas).*

De todas as narrativas de Conrad, talvez seja a mais imprecisa, a mais simbolista, a mais poética, a que mais usa e abusa duma indefinida gama de significados obscuros que se multiplicam e entrelaçam. Essas qualidades vagas assustavam os melhores leitores das primeiras décadas do século, ainda impregnados de realismo e naturalismo. O medo à subliteratura coartava o instinto literário; o que parecia confuso ou esotérico causava alarme aos espíritos que se pretendiam nítidos dentro do absurdo da existência. Assim, o manifesto envolvimento de T. S. Eliot com Coração das trevas despertou para essa obra o interesse dos leitores timoratos e dos críticos multidimensionais, isto é, os críticos que colocavam a antropologia, a psicologia e outras ciências entre seus instrumentos de investigação.

A afeição de Eliot pela novela de Conrad era tão intensa que, originalmente, seu mais famoso poema — The Waste Land — devia levar como epígrafe uma frase simples de Coração das trevas: "The horror! the horror!". Foi a diligência tirânica de Ezra Pound que baniu o nome de Conrad, ainda vivo na época. Mas, no mesmo Waste Land, como esmiuçou Elizabeth Drew, a descrição das barcaças do Tâmisa parece modelada no início da narrativa conradiana, quando o rio ilustre é contrastado e comparado ao Congo sombrio. Também o primeiro verso de outro poema de Eliot — Gerontion — deve ter sido inspirado em outro período de Coração das trevas: "Aqui estou e, deitado no escuro, esperando pela morte". Mas é sobretudo num poema de T. S. Eliot de 1925 (The Hollow Men — Os homens ocos) que as implicações com a novela de Conrad são numerosas e evidentes. A partir da epígrafe. A mesma Elizabeth Drew estudou essa confluência, retomada minuciosamente mais tarde por Grover Smith.

Coração das trevas é relativamente uma novela curta: cerca de 120 páginas. O leitor de orientação política (apenas) verá o brutal aspecto da espoliação colonialista; o leitor religioso, o leitor

*inclinado para a observação antropológica, o leitor moralista...
todos os tipos de leitores podem ter um acesso particular à narrativa. Mas o leitor perspicaz entrará pela porta estreita da psicologia.*

Marlow, o narrador, encontra-se com a sua pequena audiência em Londres, voltado para o Tâmisa crepuscular. Trata-se de um homem compreensivo, discreto, obcecado pelo demônio da análise, um gentleman do mar. Narra suas experiências como comandante de um barco fluvial que penetra pelo Congo.

Mas todos os incidentes da viagem são superficiais, por mais que impressionem o leitor e o próprio Marlow: a verdadeira aventura da novela é a que o narrador e o leitor fazem ao coração das trevas, à escuridão do inconsciente, ao negrume sinistro da existência humana. Como nos livros de Kafka, menos explicitamente porém, todas as ações são desconexas, mesmo as mais triviais, ou vão perdendo gradualmente o sentido. O absurdo dos indígenas, com a sua humanidade primitiva, ganha aos poucos a consciência de Marlow, isto é, vai destruindo nele a confiança nos valores do homem civilizado. A analogia da novela de Conrad com a experiência existencial narrada no Castelo de Kafka prende o leitor moderno. Por outro lado, o que Conrad pretende mais sugerir do que dizer (como numa sonata) apresenta um correspondente, aqui analítico, com certo fundamento da psicologia de Jung: trata-se de um encontro com a treva interior, um choque amargo, talvez fatal, talvez indispensável ao renascimento ou à renovação do espírito. Em sua viagem, Marlow está empreitado por uma vasta organização colonialista, sediada num grande centro — a cidade sepulcral, povoada de multidões vazias, amedrontadas, cúpidas, vivendo entre a polícia e o açougueiro. Todas as variações das palavras que exprimem escuro, treva, já começam a assombrar a narrativa. Na colônia surge outra palavra — marfim — da qual o autor retira aos poucos todas as alusões simbólicas de um valor que se busca insensatamente. "A palavra marfim retinia no ar, era murmurada, suspirada." Talvez a busca da verdade se identifique com a paixão da mentira. Para uns o marfim pode ser uma verdade enlouquecida; mas para Marlow (ou para o leitor) o marfim poderá simbolizar a verdade final, o Santo Graal, uma resposta para as ações desconexas, a beatitude ou a maldição. De qualquer forma, o marfim é o ídolo, o bezerro de ouro, o símbolo material de uma ilusão fantástica. A mentira vital é o marfim, assim como em Nostromo *é a prata. Em torno desse fantasmagórico marfim movem-se os homens e, além destes, existe a floresta, imensa, inexplicável, invencível — o cosmo impassível. Somos intrusos numa natureza sinistra e aterrorizante: antes e depois de nós haverá a treva. Só os seres irracionais (e a descoberta da racionalidade truncada dos selvagens é um dos símbolos mais impressionantes da novela) sentem-se à vontade no universo. O animal é hostil ao homem e leva uma vida encantada, dando-se bem no conto de horror que é a existência do homem consciente. Até mesmo a selva é agressiva e está pronta a varrer todos os homenzinhos que dela se aproximam. Esses homenzinhos sofrem de um amoralismo árido, de uma crueldade sem coragem, de uma ambição sem audácia.* Coração das trevas *é o poema do intolerável. Ainda como Kafka. Intolerável, por exemplo, é aquela espera de arrebites que poderão reparar o barco. O contraste entre o inomeável (o* mysterium tremendum *do universo) e as necessidades triviais do cotidiano é uma constante da narrativa.*

Sob o pano de fundo negro e ameaçador, a vida prática — na qual o autor de Coração das trevas *buscou certamente uma psicoterapia — torna-se pouco a pouco absurda e grotesca.*

O personagem principal do livro é Mr. Kurtz, que dirige um posto da organização em pleno coração das trevas. Caso único na literatura, o personagem principal aparece pouquíssimo em todo o decorrer do livro. Fala pouquíssimas palavras. É muito sumariamente descrito. Na verdade, Mr. Kurtz é menos um homem de carne e osso do que uma voz. A voz que responde ao inconsciente ou à verdade primitiva de Marlow e do leitor.

Não há um sentido exclusivo na novela e esta não tende para uma conclusão definida. Conrad foi sempre muito claro a respeito da concepção que fazia da arte de escrever um romance. Este, quanto mais artístico, mais simbólico. Símbolos que se aderem superpostos como as camadas de uma cebola.

Desse modo, é na imagem central de Kurtz que o leitor deve procurar conhecer-se. Kurtz — isto é repetido várias vezes, desafiando a trivialidade — é um homem notável. Por quê? "O mais que se pode esperar da vida é certo conhecimento de si mesmo, que chega tarde demais." Kurtz é notável por isso, embora o autor não o afirme: chegou a certo conhecimento de si mesmo e quando era tarde demais. Trata-se de uma alma minada, possuída, gasta, inutilizada pela solidão essencial.

Buscou uma mentira, o marfim, e encontrou uma verdade: o horror. É a palavra que ele murmura e repete ao morrer:

"O horror! O horror!" — significando uma súmula metafísica, uma fé sem esperança, uma revolta implacável, um juízo final. Kurtz era um homem notável, um homem raro, que tinha alguma coisa a dizer. Isto: "O horror! O horror!".

Marlow vê nessa expectoração derradeira de uma alma uma afirmação, uma vitória moral paga por inumeráveis derrotas, por abomináveis terrores e abomináveis satisfações.

Coração das trevas é une saison en enfer, uma obra que apanhará mais intensamente o leitor de poesia do que o leitor de romances. Em prefácio escrito em 1917, escrevia Conrad, bem ao jeito do tom corriqueiro, mas sutil, que gostava de assumir nos prefácios: "É bem sabido que os homens curiosos metem o nariz em todos os tipos de lugares com os quais nada têm a ver, e deles egressam com toda sorte de despojos. Esta história (Heart of Darkness) e uma outra não incluída neste volume (o volume contém ainda

Youth e The End of the Theter) constituem todos os despojos que eu trouxe do centro da África, onde, de fato, nada tinha eu a fazer". Coração das trevas não é propriamente uma novela: é uma visão. A visão do conflito entre a práxis e o esmagamento cósmico. Como salientou William York Tindall, em The Literary Symbol, pode ser lido como um sonho. O próprio Marlow diz para os companheiros: "Parece que estou tentando contar um sonho para vocês...". É nas imagens desse sonho que o leitor, de acordo com as luzes e as trevas de sua alma, irá encontrando os significados da novela, numa intensidade que corresponderá a seu instinto de luminosidade e à treva de sua pré-história.

O antagonismo entre a selva feroz e a civilização é aparente: a cidade é sepulcral, a selva é a treva — mas talvez da escuridão brotará, não a luz, mas o horror da verdade. É uma iniciação ao ermo, onde o leitor sensível terá, como Mr. Kurtz, a carne consumida na solidão. E, caso tenhamos também uma voz, alguma coisa para dizer, teremos um assento entre os demônios da terra. Só a solidão total nos conduz às desconhecidas idades do homem, refazendo até mesmo para nós (assunto em pauta em nossos dias) a experiência da antropofagia através da fome continuada.

Há ainda no livro outro personagem que fascina objetivamente o leitor de nosso tempo: trata-se de um jovem russo que Marlow encontra no posto de Kurtz, fascinado por este, uma espécie de hippie da solidão a vagar sem sentido e sem reservas pelo ermo, numa aventura sem cálculo e sem o menor senso prático. Veste-se como um arlequim, e até nisso prenuncia simbolicamente a juventude de hoje, cuja visão é composta de remendos coloridos. Marlow inveja essa chama nítida e modesta.

No fim da novela, Marlow procura na Europa a noiva (my intended!) de Kurtz para entregar-lhe certos papéis que lhe confiara o moribundo. Enquanto caminha pelas ruas, é outro homem, um homem que conhece para sempre o ermo, a treva, a voz de uma *alma. Choca-se, como se fosse uma obscenidade, com os frívolos e torpes e banais habitantes da cidade sepulcral. É informado vagamente que Kurtz poderia ter sido um grande músico. Ou um grande líder de um partido político, qualquer partido. Talvez tenha sido mesmo um gênio universal. A noiva da alma perdida sofre com intensa dignidade. Marlow vai dizer para ela as últimas palavras de Kurtz. Perde a força. Apesar de detestar apaixonadamente a mentira, o homem do mar não é uma voz, perdida e sem reservas, mas uma criatura civilizada, cheia de restrições. Possuído pelo ermo, é claro que Kurtz não podia amar ninguém. As últimas palavras do homem notável — mente Marlow — foram o nome dela. Ela sabia. Ela tinha a certeza disso. No crepúsculo que aos poucos domina o aposento, tudo vai ficando escuro, menos a cabeça loura da mulher, iluminada de uma fé que não se extingue e de amor.*

Marlow chega ao fim da narrativa, com a pose de um Buda meditativo. O rio parecia rolar para o coração de uma treva imensa.

O GOL É NECESSÁRIO

O Inglês

Nossas peladas de sábado eram na rua Marquês de São Vicente. Eis a cena: cada um protesta contra o juiz, os adversários e os companheiros. Palhaço! Del Debbio mental! Imbecil! As sarrafadas comem. O juiz perde a serenidade de árbitro e responde com furor às invectivas gerais. O purgatório pega fogo e vira inferno. Nesse momento, como se atendesse a um chamado, ele costumava chegar, o inglês. Não sabíamos por que chegava, de onde vinha, quem era, e ninguém perguntava. O inglês atravessava devagar a alameda, calça cinza, blusa branca, silencioso e sério. Nada dizia, ficava a olhar. Era homem de seus cinquenta anos.

De repente alguém partia pra cima do juiz, arrebatava-lhe o apito e notava a presença do visitante: "Apita, inglês!". Era uma ordem.

Ele recusava com um gesto lento o apito que lhe estendiam, e tirava do bolso o próprio apito. O inglês tinha um apito; o apito era de ouro; quem ofereceu o apito de ouro ao inglês foi um time de volibol da praia.

Nos primeiros minutos, diante da serenidade equânime do inglês, o inflamável sangue luso-afro-brasileiro refrescava um pouco. Não por muito tempo. Logo depois, a irresistível falta de compostura nacional erguia-se contra a rocha sólida da tradição britânica. Ô inglês, tá cego? O que você está fazendo com esse apito na boca, ô inglês? Já ouviu falar em *penalty*, ô inglês?

Mas o inglês olhava-nos e ouvia-nos como se estivesse num parque londrino a admirar o romance elegíaco dos cisnes. Nossas ferozes reclamações lhe eram indiferentes. Não, uma vez o inglês perdeu a calma. Foi quando um jogador, punido por uma falta, gritou apenas: "Ô inglês!". Ele ergueu o braço, estupefato: "Ô inglês! Fez *foul* mesmo e vem dizer ô *inglês*!".

Desconfiávamos todos nós que a nossa pelada era assistida maliciosamente pelos anjinhos do céu, que se punham a marcar um de nós, clamando em coro para o Senhor: "É este! é este!". E aguardávamos com medo que o Senhor, decidindo atender à meninada angélica, nos mandasse o enfarte na hora do pique. Mas o Senhor chamou foi o inglês do apito de ouro. Apitou seu último jogo e morreu na sexta-feira da semana seguinte. Perdemos nosso árbitro, nossa serenidade, nosso bom inglês. Pela primeira vez nosso campo ficou vazio numa tarde de sábado.

POETA DO DIA: HORACE GREGORY

Lápide com Querubim

Sem notícia no jornal,
                só uma voz no telefone
dizendo que tinha morrido, casualmente,
notavelmente em definitivo.
                        Alguém murmurou sífilis —
sentimental mentira.
                Alguém falou sobre ela
(rococó) como de uma oliveira florentina
que tivesse se enredado (oh, sem ilusões)
na pessoa de um capitão de futebol corretor da Bolsa ador-
                                mecido
Nas areias de Miami.
                Guinchava ante a pobreza,
divorciada de sedas, peliças, limusines niqueladas.
                Amava o ócio despreocupado,
dormindo com homens eventualmente
como se isso fosse um sonho exótico
                        e ricas palavras sem sentido
que revestissem as partes mais ternas do seu corpo:
                                Alô, Marie!
deves ter-te acabado como uma fieira de lâmpadas mazda
arrebentadas com uma alavanca.
                        Mesmo este epitáfio,
bastante verdadeiro para uma moça bonita
que passeia com inesquecível calma
pelo bulevar Michigan numa manhã de abril,

não encerra os fatos.

Os fatos são os seguintes:
Ela morreu em serenidade lésbica
nem fria nem quente
até que os membros castos enrijeceram.
Desliga o telefone;
corta o fio.

Bar do Ponto

Memórias de Elefantes

A era da vulgarização do herói (ou da heroização do vulgar), coincidindo com a era dos escritores de aluguel, deu isto ao século XX: livros de memórias ou de confidências que já não vão causando o escândalo da verdade ou da mentira. O atleta escreve livro, a mãezinha do presidente, a datilógrafa do chanceler, a atriz no inverno, o filho do bandido, o cantor das multidões, a meretriz dos *happy few*, a barregã do pintor, a esposa do cretino, todos e todas escrevem os seus depoimentos, atirando mais um volume no saco sonoro que é a vida editorial do nosso tempo. Não são esses elefantes memorosos do mesmo juízo de Verdi, que afirmava em carta aos 82 anos de idade: "Nunca escreverei as minhas memórias. Basta que o mundo musical haja suportado durante tanto tempo a minha música; nunca o condenarei a ler a minha prosa".

Mas os heróis de hoje são uns frenéticos. E Verdi foi uma doce e harmoniosa criatura.

PIPIRIPAU

Era uma vez um nariz

Quando o farol da ilha Rasa faz vermelho
o almirante vai zurrando por dentro do mar,
pobre mar. Os acidentes geográficos
pouco simpatizam com seu nariz perfunctório,
os promontórios o espiam com desconfiança,
as ilhotas resmungam, as angras se fecham,
pobres sensitivas! Em terra
o almirante dá entrevistas,
no mar o almirante dá azar.
Com o coração cheio de palha
o almirante não irá muito longe.
E então no marzão dum milharal
o seu nariz espantará um passarinho.

GRAFITE

Contre-Fugue

Ah! et cette éblouissante Sophie,
qui a dit — à toi — que j'étais las de moi,
qui a dit — à moi — que tu étais lasse de toi,
qui a dit dans un froufrou partout
que nous étions — toi et moi! — las de nous!

Et pourtant moi je ne suis pas étourdi
(qu'elle est amphigourique cette éblouissante Sophie!)
ni à cause de toi, de cela,
ni à cause de moi-même,
ni à cause d'autre thème
(plus sombre) à venir.

Pour tout dire:
c'est ça, Maria:
le monde un beau jour va finir:
pas pour toi: je t'aime.

SUPLEMENTO INFANTIL

Anônimo

Você diz que Velasquêz *não é um grande pintor!*
É o maior louvor que já se lhe fez!

CORISCOS

Coriscos no Acaba Mundo

O grave do homem grave é que ele não está fingindo: é grave mesmo.

*

Foi tão feliz no casamento que deu pra beber.

*

Deus me livre dos sofrimentos; e o diabo me livre dos prazeres.

*

O paradigma dos *happenings* é a morte.

*

Nas depressões angustiantes, a queda é súbita e o retorno é demorado. Que alívio! Uma queda vagarosa, como a de Alice, seria insuportável.

11

Artigo Indefinido
MORTE CONTEMPORÂNEA

O Gol é Necessário
13 MANEIRAS DE VER UM CANÁRIO

Poeta do Dia
STEVENS: DOMINAÇÃO DO NEGRO

Bar do Ponto
AB OVO

Pipiripau
PASSWORD IN HEAVEN

Grafite
BILHETES TROCADOS

Suplemento Infantil
O INSTRUMENTO É NECESSÁRIO

Coriscos
CORISCOS NA SERRA

Artigo Indefinido

Morte Contemporânea

Se indagasse do sol ou do girassol o que andou fazendo Van Gogh, eles me responderiam que se deu uma orelha cortada, um grito de luz no campo onde crocitava uma vírgula escura, e ele morreu de revólver.

Se perguntasse às colinas de Turim pelas quatro dimensões do talento de Cesare Pavese, talvez dissessem que trabalhar cansa, que o ofício de viver não vale a pena, e que, apenas, ele escreveu, antes de deglutir o barbitúrico noturno: "Nem mais uma palavra. Um gesto. Não escreverei mais".

Se quisesse saber da valsa vienense onde anda o pensamento doido de Otto Weininger, a valsa contaria devagar que a criança de Viena se matou para ganhar uma aposta.

Aliás, que aconteceu em Viena? Que vertigem endoideceu os

deuses do bosque? Uma singelíssima história, madame: o escritor Hofmannsthal morre de coração no dia do enterro de seu filho, morto por suicídio; o escritor Arthur Schnitzler sofre o fim trágico do amigo; e a filha de Schnitzler também se mata. Que pode fazer Arthur Schnitzler senão consumir-se em desespero e loucura?

Se buscasse informações em Buenos Aires sobre as boinas coloridas de Alfonsina Storni, as grandes casas de chá de antes da guerra ficariam caladas; mas talvez uma senhora de idade, com os lábios ainda quentes, se pusesse a contar que a poeta lançou-se no rio da Prata.

Se exigisse desta mesa enodoada uma notícia clara sobre Gérard de Nerval, entrevisto como um cão danado no inverno danado de janeiro, há mais de cem anos, a mesa me estenderia, humildemente, este bilhete: "Titia: não me espere hoje à tarde, pois a noite será negra e branca". O cantante amanhecer de Paris encontrou o poeta enforcado numa grade. Na rua da Velha Lanterna.

Também espero que o mar de Cuba não me engane. Houve um poeta que amava as pontes. Fazia pontes. Existirá esperança para as pontes? A vaga noturna do golfo do México reluz como punhais iluminados. Hart Crane saltou no mar noturno quando se encaminhavam para casa, em Nova York.

Também Shelley morreu afogado, mas na Itália, em Viareggio.

Passo os dedos no fio desta navalha. Foi com esta lâmina que Guy de Maupassant quis decapitar-se, para morrer paralítico, um ano e meio depois, num manicômio de Paris.

Percorro os hotéis cujas varandas dão para o tédio da rua ou para o tédio do mar. Mas não encontro o menino Mário de Sá--Carneiro, um gordo que sabia as artes do ser oblíquo e achou a morte com as suas mãos.

Sento-me neste banco da praça pública de Ponta Delgada. Aqui se matou Antero de Quental, santo Antero, como rezava o Eça. Na mão de Deus, na sua mão direita...

Foi no Natal que se matou Raul Pompeia.

O colombiano José Asunción Silva caminhava pela noite toda cheia de murmúrios, de perfumes e da música das asas; mas os negócios não deram certo; e ele, que pouco antes se salvara angustiadamente dum naufrágio, pôs termo a seus dias. Foi em 96.

Isadora Duncan casou-se com o poeta russo Iessiênin a bordo dum avião. Ele escreveu um poema com o próprio sangue e se matou. Ela morreu quando a echarpe se enrolou na roda do automóvel.

"Comigo a anatomia ficou louca: sou todo coração." E na primavera de 1930 o gigante Maiakóvski deu um tiro no seu gigantesco coração.

Seria Henri de Montherlant também um rei de dor?

Virginia devia ter medo de Virginia Woolf, que talvez acabasse na loucura. Por isso entrou nas águas do rio e sumiu.

Santos Chocano, há cinquenta anos, matou o escritor Erwin Elmore, depois de acalorada discussão (como dizem os jornais). Refugiou-se no Chile, onde, em 1934, morreu apunhalado dentro dum bonde.

Georg Trakl, poeta bom, morreu misteriosamente na Primeira Guerra, com 27 anos de idade.

Alain-Fournier, que confiava na magia da infância, morreu nos primeiros combates de Verdun.

Charles Péguy, que confiava na magia em Deus, morreu no Marne.

Rupert Brooke morreu com 28 anos, também na Primeira Guerra. Grécia.

Apollinaire, voluntário, artilheiro e infante, ferido gravemente na cabeça, ficou muito fraco com as sucessivas operações e foi levado na gripe espanhola.

Saint-Exupéry desapareceu num voo de reconhecimento sobre o Mediterrâneo em julho de 1944.

Com trinta anos de idade, Manuel Antônio de Almeida morreu em naufrágio, quando ia do Rio para Campos.

Gonçalves Dias também morreu em naufrágio, quando já se avistava a terra maranhense.

Stefan Zweig, com a mulher, matou-se em Petrópolis, apesar de toda a hospitalidade brasileira.

Hemingway deu um tiro na cabeça; como seu pai.

Albert Camus, que via no suicídio o único problema filosófico, morreu num desastre de automóvel.

O poeta Robert Desnos morreu num campo de concentração, na Tchecoslováquia, quando a guerra chegava ao fim.

Jackson Pollock, o pintor, como David Cobean, o caricaturista, morreu de desastre de automóvel.

T. E. Lawrence, o homem da Arábia, morreu a grande velocidade, de motocicleta, quando tentava desviar-se de dois ciclistas.

Os artistas cantam, mas nem sempre morrem como passarinhos.

P.S. — Várias pessoas, depois que publiquei uma página sobre artistas mortos violentamente, acusam os meus esquecimentos. Não houve isso: não pretendi cadastrar a violência na área artística, mas apenas dar uma dica emocional de uma situação que me impressiona. Nem os homens que passam grande parte do tempo nos estúdios estão a salvo das violentas formas de morte dos nossos dias. Mas posso citar outros nomes que me acorrem sem esforço. Em desastre de auto morreram escritores como Ronald de Carvalho, Roy Campbell; Antônio Botto e Brito Broca morreram atropelados; Gandhi, García Lorca, Martin Luther King morreram assassinados; Lúcia Miguel Pereira, Otávio Tarquínio de Sousa e Galeão Coutinho morreram em desastres aéreos; Verhaeren morreu esmagado por um trem; o suicídio levou ainda o fascista Drieu la Rochelle, o ensaísta V. O. Matthiessen, o surrealista René Crevel, o argentino Leopoldo Lugones; Jackson de Figueiredo morreu *afogado; a guerra também levou T. E. Hulme, Edward Thomas, Francis Ledwidge, Wilfred Owen, John Mc Crae, canadense, autor do famoso* In Flanders Fields, *morto de pneumonia na frente de combate. Em combate morreu ainda Alan Seeger, autor do famosíssimo "I Have a Rendezvous with Death", poema favorito de John Kennedy e que Jacqueline sabia de cor, segundo conta Arthur Schlesinger. Para o presidente americano, no primeiro e último versos do poema há toda uma predestinação: "Terei uma entrevista com a morte, jamais a essa entrevista faltarei".*

O Gol é Necessário

13 Maneiras de Ver um Canário

I

Gilmar, quando Deus é servido,
come um frango
psicanalítico
por partida. Depois, tranquilo-tranquilo, fecha a porta do
inferno.

II

Vê Djalma Santos, indo e vindo, saltando, disparando, correndo, chutando,
cabeceando, apoiando, defendendo, corrigindo, ajudando,
às vezes, inexplicavelmente, até sorrindo em seu combate.

Vê Djalma Santos e reconhece logo:
ele acredita em Deus, é um servo de Deus, um lateral direito
de Deus.

III

Mauro acredita em Marden, Samuel Smile, na força da
vontade,
na vontade da força, na constância do caráter, na vitória suprema da coragem,
e em todos os sentimentos de aço, que eu, por exemplo, não li.

IV

Nilton Santos confia na bola; a bola confia em Nilton Santos;
Nilton Santos ama a bola; a bola ama Nilton Santos.
Também nesse clima de devoção mútua não pode haver
problema.

V

O povo disse tudo: antes Zózimo do que mal acompanhado.

VI

Zito é mensageiro de dois mundos:
o da vida, na área adversária (onde residem os mistérios go-
zosos)

e o da morte, na área do coração brasileiro (onde residem os
mistérios dolorosos).
Zito ziguezagueava zunindo para o Norte,
Zito ziguezagueava zunindo para o Sul.

VII

Como o poeta limpando as lentes do verso,
como o microscopista debruçado sobre o câncer,
como o camponês a separar o joio do trigo,
como o compositor a perseguir a melodia,
o futebol de Didi é.
É lento, sofrido, difícil, inspirado, idealista.
Eis um homem que quase achou o que não existe: perfeição.

VIII

É pela cartilha da infância que se joga futebol.
Garrincha vê a ave. Garrincha voa atrás da ave.
A ave voa aonde quer.
Garrincha voa aonde quer atrás da ave.
O voo de Garrincha-ave é a chave, a única chave.
E um bando de homens se espanta no capim.

IX

Vavá não crê, Vavá confere, Vavá vai ver.
Zagueiro faz escudo das traves da chuteira:
Vavá vai ver.

Goleiro faz maça medieva do osso do joelho: Vavá (de Pernambuco)
vai ver.
Para o que der e vier, Vavá vai ver.

X

Há uma dramaticidade em Pelé que eu não me consinto adivinhar.
Como Cristóvão Rilke, Pelé tem um canto de amor e de morte.
Como Cristóvão Rilke, Pelé é o porta-estandarte.
Como o de Langenau, Pelé está no coração das fileiras mas está sozinho.

XI

E eis que um jovem disse: "Quando vinha acaso um leão ou urso e levava um
carneiro do meio do rebanho, eu corria após eles e os agarrava e os afogava e
matava; o mesmo que fiz a eles, farei a este filisteu". E foi assim que
Davi-Amarildo liquidou Golias-Fúria com duas pedradas de sua funda.

XII

Minuto por minuto, durante 540 minutos, Zagalo cumpriu o seu dever.

XIII

Olhei por fim o XIII canário
e era o brasileiro anônimo da rua, do mato, do mar,
o coração batendo, bicampeão do mundo.

POETA DO DIA: WALLACE STEVENS

Dominação do Negro

À noite, ao pé da lareira,
as cores das touceiras
e das folhas caídas,
que se repetiam,
revolviam-se na sala
tal qual aquelas mesmas folhas
revolvendo-se na ventania.
Sim: mas a cor dos abetos espessos
chegou em largas passadas.
E eu me lembrei do clamor dos pavões.

Eram as cores das suas caudas
como aquelas mesmas folhas
que se revolviam na ventania,
na ventania crepuscular.
Passaram arrebatadas pela sala
tal qual das ramagens dos abetos
esvoaçaram para o chão.

183

Eu os ouvi clamando, os pavões.
Era um clamor contra o crepúsculo?
Ou contra aquelas mesmas folhas
revolvendo-se na ventania,
revolvendo-se tal qual as chamas
revolvidas na lareira,
revolvendo-se tal qual as caudas dos pavões
revolvidas no fogo estrepitoso, estrepitoso
como os abetos cheios do clamor dos pavões?
Ou era um clamor contra os abetos?

Pela janela
vi como os planetas se agruparam
tal qual aquelas mesmas folhas
revolvidas na ventania.
Vi como a noite chegou
em passadas largas como a cor dos abetos espessos.
Tive medo.
E me lembrei do clamor dos pavões.

BAR DO PONTO

Ab Ovo

A Europa é o ovo, aquele ovo que o europeu come de manhã. Conscientemente come. Exegeticamente come. Culturalmente come. O ovo europeu é um investimento onímodo. Naquele ovo está o complexo socioeconômico da Europa, a guerra, a arte, a disciplina, o estabelecimento fundiário, a altivez temperada, a precaução contra o futuro, a despensa biológica, a utopia da comunidade continental, a práxis da mesma, a reverência curva e quase cômica à herança social. E naquele ovo mora ainda, sem contradição, a puerícia do europeu. Abre os olhos para aquele ovo num hotel da Europa! Que confiança nos valores adquiridos, codificados, presumíveis! Que desconfiança de tudo o que fica para além da Taprobana!

PIPIRIPAU

Password in Heaven

— Que fez você no mundo?
— Livros... uma porção...
— Livros?! Livros?!
— Filhos, dois filhos...
— Brincadeira tem hora!
— Ah!... um jardim!
— Pode ir entrando... mas sem fazer onda!

GRAFITE

Bilhetes Trocados

1

Tudo o que é meu é teu — é evidente.
É louca a lucidez que me reparte:

trançar a minha vida duramente
e desatá-la toda por amar-te.

2

A ternura que trago ainda nua
é a mesma, só meio machucada.
Se voltares, também não mudou nada
daquilo que era teu. E feito a lua,
teus livros e teus vinhos, eu sou tua.

SUPLEMENTO INFANTIL

O Instrumento é Necessário

Nas ondas do vento
existe um dragão
e eu, vago, não tenho
adaga na mão,
existe a quimera
da minha evasão
e eu, vago, não tenho
a minha ilusão,
existe a beleza
de toda emoção
e eu, vago, não tenho
um lápis senão
eu punha depressa
na mesma canção

adaga quimera
as ondas do vento
e um lindo dragão

CORISCOS

Coriscos na Serra

Nunca poderei ser mais do que sou — nem desejarei!

*

Fotógrafo de parque documenta para a posteridade o insuportável silêncio do anonimato.

*

A elaboração remota, lenta, macerante, exaustiva, miúda, dolorida, incoerente, excitada, desiludida, congelada, febril, das viagens repentinas.

*

Poesia: imaginação instantânea.

*

O poeta ganha a poesia de cada dia com o suor de sua alma.

*

Não a entendo: é a poesia que me entende.

12

Artigo Indefinido
CINEMA HOMÉRICO

O Gol é Necessário
ADORADORES DA BOLA

Poeta do Dia
BORGES: LE REGRET D'HÉRACLITE

Bar do Ponto
INVERNO COM TUDO

Pipiripau
OPERÁRIOS: HORA DA MARMITA

Grafite
AMNÉSIA

Suplemento Infantil
APOLLINAIRE

Coriscos
CORISCOS NO ACABA MUNDO

ARTIGO INDEFINIDO

Cinema Homérico

Há obras-primas que a gente lê e esquece, mas há outras que é preciso reler de cinco em cinco anos, de dez em dez pelo menos, quando se modifica a perspectiva mental e afetiva de uma vida. A Odisseia é uma delas. Aparentemente estranho é que o leitor em primícias, desde que disponha de um texto limpo, desentulhado de arcaísmos, encontrará na leitura da velha fábula um prazer muito parecido ao procurado nos melhores thrillers *e* westerns. *T. E. Lawrence, que tentou viver homericamente, acertou ao distinguir na epopeia de Homero o primeiro romance europeu.*

A Odisseia, como a Ilíada, é a história duma vendeta. Na Ilíada, aliás, são duas: a dos gregos, que se juntam para vingar Menelau, e a de Aquiles, depois que matam seu amigo Pátroclo.

As comunidades gregas daquele tempo constituíam qualquer

coisa como as famílias mafiosas, se dermos o desconto de que não havia uma sistematização jurídica ou ética para o Peloponeso. Ulisses chefia uma família, como Nestor e Menelau. Agamêmnon foi o chefão. Elas se defendem ou atacam agrupadas ou brigam entre si. A moral é a fidelidade ao chefe, aos companheiros, aos amigos. A analogia com a Máfia pode induzir-nos a uma impressão mais correta da Odisseia do que se tivermos em mente as imagens das guerras medievais ou renascentistas. O livro não é tanto moralista, como pretende Gabriel Germain, mas reflete a todo momento a moralidade dos que participam da história. O clã. É o romance da fidelidade à pátria, à mulher, ao marido, ao pai, ao chefe, aos amigos, aos deuses. Os maus existem apenas para dramatizar esse imenso canto à genuidade ética dos aqueus (ou antigos gregos). O mal não é pintado em cores intensas; os maus são mais calhordas que monstruosos. O bem é magno; o mal é medíocre. As ações são deliberadas com uma crueza e uma decisão irrecorrível de moral mafiosa. É a humanidade ingênua dos gregos antigos a que se refere Nietzsche; é a nudez do seixo de que fala um contemporâneo.

O estilo de Homero é o menos abstrato, de um realismo inteiriço e incansável. A pátria do herói não é luxuriante, como costumam ser as pátrias nos velhos contos, mas uma ilha de cabras rupestres, uma paisagem que fascinaria nosso João Cabral de Melo Neto.

Quem deseje fazer uma descrição correta ou minuciosa, segundo a síntese de Ronsard, tem de ser homérico. O contrário do estilo bíblico, Homero diz tudo circunstanciada, minuciosa, irrespondivelmente — e este é o fulcro da análise de Auerbach, James Joyce, que escreveu uma Odisseia auditiva, resumiu o sentido de sua força criadora em duas palavras: all ears. O verso de Homero deve ser de preciosa musicalidade no original, mas o que o torna grande estilista, mesmo em tradução, é a capacidade visual fora de série. Homero, all eyes, seria hoje roteirista de cinema.

Pegue o texto — dizia sensatamente Péguy. Aí os ignorantes do grego (como eu) quebram a cara. Pois é a partir das traduções de Homero que os estudiosos não se entendem. Boileau diz que, se Homero fosse bem traduzido, causaria o efeito que sempre causou. Mas já o helenista André Bonnard divertiu-se com as traduções de Safo do próprio Boileau. O requintado Racine achava que as delicadezas dos tradutores debilitavam a Odisseia. W. H. D. Rouse insiste na afetação e intenções poéticas das traduções, quando Homero fala com naturalidade. No mesmo sentido vai Sainte-Beuve. Ezra Pound cata grandes defeitos e miúdas qualidades nas traduções mais famosas: Chapman é enfeitado; as antíteses de Pope são às vezes imbecis; Salel (do tempo da colonização brasileira) é legível; as versões latinas ainda são melhores... Por fim Pound decreta que duas virtudes homéricas não foram ainda traduzidas: 1) a magnífica onomatopeia (intraduzida e intraduzível), como os versos que falam no fluxo e refluxo das ondas; 2) a cadência autêntica da narrativa (traduzível). Por fim, para acabar de reduzir a nada o ignorante do grego (e eu que estudei anatomia de boi!), afirma que certos tradutores conseguem passagens esplêndidas, mas nada homéricas. E Pound nem se refere às traduções de Lawrence e de Butler, que foi escolhida editorialmente pelos professores de Chicago. Quando Voltaire diz não ter coragem de afirmar se os cortes e acréscimos da tradução de Madame Dacier eram bons ou maus, que poderia eu (que troquei o grego pelo cavalo!) opinar sobre o trabalho de um Odorico Mendes! Quando Albalat elogia a tradução de Leconte de Lisle... Quando...

Taine tentou arranjar uma chave mestra, explicando a impossibilidade da língua clássica de reproduzir os Antigos, recusando-se a exprimir o exterior físico das coisas, a sensação direta do espectador, a fisionomia prodigiosamente composta e pessoal do indivíduo vivo — enfim, o cinema homérico. Mas, bem ou mal, há 3 mil anos a humanidade viaja com o astucioso ítaco. O poema

(tese de Victor Bérard) vai às nossas fontes, para além da civiliza-
ção acaica, tratando-se, em suma, do sumo ocidental, ou seja, da
helenização de um périplo (diário de bordo) fenício.

Quando farto do mundo cerimonioso, Ronsard se fechava em
casa para ler Homero em três dias. Em três ou trinta, façamos com
Ulisses uma bela viagem. Há algum tempo (muito ou pouco?) cos-
tumava ler uma edição juvenil da Odisseia para duas crianças que
beiravam os dez anos de idade. Era depois do jantar, antes do sono
infantil. Nunca cheguei ao final de um capítulo: a menina caía em
prantos, pedindo que eu parasse; o menino arregalava os olhos, pe-
dindo que eu continuasse. No outro dia, como Penélope, retomáva-
mos o fio, e era a mesma coisa, para a maior glória de Homero.

O GOL É NECESSÁRIO

Adoradores da Bola

O brinquedo essencial do homem é a bola. Quem ganha uma bola descobre dois mundos, o de dentro e o de fora.

Um psicólogo do futebol imagina a seguinte cena: meninos jogam na rua; a bola sobra para o cavalheiro que passa. Que fará o austero transeunte? Ficará indiferente? Devolverá a bola com as mãos? Já vimos todos nós o que ele irá fazer: o homem, sem perder a gravidade, rebate a bola com o pé, aparentemente para prestar um serviço à garotada, mas na verdade porque não resiste ao elástico e impulsivo prazer de dar um chute. É sempre um grande prazer, uma das coisas agradáveis da vida, dar um chute na bola, sobretudo quando conseguimos colocá-la na meta almejada.

O poeta Rainer Maria Rilke intuiu bem os símbolos contidos na bola e no jogo da bola: a lei da gravidade e a liberdade do voo são valores atuantes da realidade humana. Atirar e agarrar são formas fundamentais do nosso comportamento diante da existência. Antes de Rilke, o educador Fröbel havia escrito: "A esfera é para mim um símbolo da plenitude realizada; é o símbolo de meus princípios fundamentais de educação e de vida, que são do tipo esférico. A lei esférica é a lei fundamental de toda formação humana verdadeira e satisfatória".

As nossas peladas adultas começaram há mais de vinte anos no quintal dum apartamento térreo em Ipanema. Um flamboaiã jogava de beque central dum lado, uma palmeirinha do outro. O primeiro quase me inutilizou para a prática do velho e violento esporte bretão. Passamos depois a jogar no parque dum laboratório farmacêutico da rua Marquês de São Vicente, estraçalhando as flores, sim, estraçalhando as flores do nosso jardim da infância, para silenciosa mas indiscutível indignação do jardineiro português.

Um companheiro nosso, zagueiro de recursos, resolveu reservar parte dum loteamento seu na Gávea, onde começou a construir um campo legal. Foi um deus nos acuda. Os amigos dele, distintos homens de negócios, não entendiam nada. O próprio engenheiro das obras andava perplexo. Um campo de futebol? É sério? Mas você vai mesmo fazer um campo de futebol?

Os que não entenderam o nosso campo tinham perdido irremediavelmente (danem-se) a infância. A infância é apenas isto: a sensação de que viver é de graça.

Foi duro: quando começamos, os poucos homens *sérios* que jogavam peladas viviam mais ou menos clandestinos nos altos de Correias e da Tijuca. Sofremos oposição de todos os setores: o familiar, o profissional e o social. Usaram contra nós todos os instrumentos de combate, os perfurantes, os cortantes e os achatantes. Levantaram contra nós a intimidação médica ("cuidado com as coronárias!"), a declarada suspeita sobre a nossa integridade mental, o sarcasmo salgado e grosso, as explicações mais ou menos freudianas e as mais ou menos adlerianas. Eram contra nós sobretudo os que haviam amado a bola e não tinham mais a coragem de voltar à delícia da grama. Nós mesmos, por abominável respeito humano, passamos a inventar as desculpas que fossem tranquilizando os outros. Dizia um: a pelada é um pretexto para a cervejinha estupidamente gelada. É bom um pouco de exercício, dizia outro. O organismo foi feito para fazer força. Os cardiologistas sabem que o coração anda sobre as pernas. Também eu, com pusilanimidade, escrevi por aí que estávamos correndo atrás dum restinho de infância — o que é apenas parte da verdade.

A verdade integral é a bola. O futebol paixão. Esse amor que faz um homem de quarenta e tantos anos sofrear o sono da fadiga para rememorar em câmara lenta o gol de cobertura que fez pela manhã.

Futebol divide os homens como o álcool: há os que jogam moderadamente na adolescência, sem muito gosto, só para passar o tempo e desentorpecer a musculatura; há os que jogaram com algum fervor e esqueceram todo o passado; existem afinal os alcoólatras do futebol, os viciados irreversíveis, membros duma sociedade fanática, homens que adoram a Bola como os fenícios adoravam Baal.

Estes últimos são capazes de horrores: trocam a repousante feijoada na casa do melhor amigo por um arranca-toco em Curicica. Trocam tudo, o casamento da sobrinha, a festa de mulherio farto, o enterro da avó, e até o encontro que o finado Raimundo chamava de galante.

Conheço um que voou de Paris para Roma a fim de pegar o avião que o depositasse no Rio a tempo de apanhar nosso torneio dominical. Outro, convidado para apadrinhar um casamento em tarde de sábado, foi rude porém sincero, colocando a noivinha nesta sinuca: um presente de duzentos no sábado ou um cheque de mil se o casamento fosse transferido para outro dia da semana. Um terceiro dava um vestido caro à mulher (a própria), contanto que ela o deixasse agarrar no gol no fim de semana, em vez de subir para as elegâncias de Petrópolis.

São assim os veteranos, irremovíveis.

Às vezes, línguas más dizem que estamos fazendo o vestibular para o Asilo São Luís. Pouco nos importa. Estejam todos certos de que levaremos uma bola para o pátio do asilo.

POETA DO DIA: JORGE LUIS BORGES

Le Regret d'Héraclite

Eu, que tantos homens fui, nunca fui
Aquele em cujo abraço desfalecia Matilde Urbach.

BAR DO PONTO

Inverno com Tudo

Já mandei seu Quinzim cortar a lenha.
Os agasalhos sobram da sacola.
Amanhã vou subir a Serra da Estrela.
Tudo certinho?
Tudo certinho lá na Grota do Jacob!

Tenho quase três vezes vinte anos.
Tenho trinta garrafas de vinho do Chile,
47 do Rio Grande, requeijão do Serro Frio.
Tenho 160 poemas de Po Chu-i.
E eis que o inverno torna sábio um velho insensato!

PIPIRIPAU

Operários: Hora da Marmita

— Não gosto de mulher esperando a gente na porta da obra:
dá muito má impressão!
— Eu acho é que a gente nunca deve desmoralizar mulher
de ninguém: um dia ela ainda pode ser nossa!

*

GRAFITE

Amnésia

Tudo o que me ocorre
é que a morte nasce,
ama, sofre e morre.

SUPLEMENTO INFANTIL

Apollinaire

Incerteza, ó meus desejos,
vamos em frente somente
como se vão os caranguejos
andando de trás pra frente.

CORISCOS

Coriscos no Acaba Mundo

Só tenho uma: viver dá azar.

*

A constrição constante da morte me ajudou a ganhar a vida.

*

As biografias são feitas para que se esclareçam (mesmo que seja tarde) passagens e episódios os quais os vizinhos do biografado nada entenderam.

13

Artigo Indefinido
O POETA QUE SE FOI

O Gol é Necessário
O TEMPO PASSA!

Poeta do Dia
DICKINSON: POEMA

Bar do Ponto
O PENÚLTIMO

Pipiripau
NOËL

Grafite
SONOROSO

Suplemento Infantil
LEWIS

Coriscos
CORISCOS NO PARQUE

ARTIGO INDEFINIDO

O Poeta que se Foi

Um amigo meu, escritor de sucesso, costuma dizer que a literatura já era. Diz e demonstra. Concordo com ele e vou além: tudo já era, menos as multidões. Não há nada mais de interesse permanente ou durável em nosso tempo, a não ser alimentar as multidões ou explorá-las, impedir que elas morram ou matá-las, aliviar os seus males ou agravá-los, adular-lhes as pobres esperanças ou aterrorizá-las com ameaças. A unidade passou a ser multidão; o que não entra nesta escala só pode ter um interesse circunstancial ou fugaz.

A literatura esses dias ficou ainda mais antiga com a morte de um dos mais preciosos poetas do século XX: W. H. Auden. Há muitos anos, no início da televisão aqui no Rio, perguntaram ao escritor Stephen Spender qual era o mais importante poeta inglês de *nosso tempo. O entrevistado respondeu que os mais importantes poetas ingleses eram dois americanos: T. S. Eliot, que nasceu nos Estados Unidos e se naturalizou inglês, e W. H. Auden, que nasceu na Inglaterra e se naturalizou americano.*

Auden centrou atenções sobre assuntos que podem parecer estranhos a um poeta. Seu livro de cabeceira era um tratado de mineralogia. Amava a paisagem rochosa e não o vale florido. Conhecia especialmente bem o "clima de opinião" criado pelas teorias de Freud. Importava-se muito com a neurose e o câncer. Em vez de lírios, preferia contemplar as multidões sofridas do subúrbio. Seu sonho poético não adejava em torno da musa, mas em torno de uma Cidade Justa. Preferia o viajor ao leitor. Lia filósofos e teólogos, mas afirmava com uma petulância irritante (para os intelectuais bobocas) que o amor é mais importante que a filosofia. "Se o amor foi aniquilado, só resta o ódio para ser odiado." O problema humano básico é a angústia do homem no tempo. Por humilhação, fez-se cristão. E soube, talvez explicou isso melhor do que ninguém, que a poesia não passa de um jogo do conhecimento. Quando o poeta, ao criar, substitui uma palavra por outra, é como alguém que tenta lembrar um número de telefone: "8357. Não, não é este, 8457, está na ponta da minha língua. Um momentinho. 8657, é isso mesmo".

Artesão, criou um estilo audenesco, minudente, dramático e irônico, preferindo as medidas tradicionais inglesas e a rima; um estilo seco e preciso de quem faz um diagnóstico. Não acreditou na glória, na perfeição, na transcendência de sua poesia, pois sempre somos levados a julgar importante aquilo que sabemos fazer bem. Importante, diz a estrela ou o anjo, é pegar a mão do Terror e descer ao fosso da Tribulação. Importante é saber que a opção do amor está diante de nós até a hora da morte. Com consistência e concisão, Auden buscou no jogo das palavras encontrar uma imagem verbal da divagação espiritual do homem.

O GOL É NECESSÁRIO

O Tempo Passa!

Devia ser uma espécie de bola militar, quando os chineses, há milhares de anos, introduziram qualquer coisa mais ou menos redonda nos exercícios de seus soldados. Depois, em plena Piazza della Signoria, em Florença, disputava-se o *calcio*, que ainda costuma ser comemorado com 27 jogadores de cada lado. Os primeiros cronistas no Novo Mundo relatam as habilidades dos índios, no norte do Brasil e na América Central, com (quicantes) bolas de borracha. Segue-se uma evolução cronológica, que pode ter erros e omissões:

Antes de 1863 — Os ingleses jogavam bola furiosamente nas ruas, nos parques, nos pátios. Não havia regras, mas era proibido carregar a bola com as mãos. A *revolução industrial* favoreceu a popularização dessas violentas peladas. Um francês, depois de assistir a uma delas, escreveu que, se os ingleses chamavam aquilo de brincar, seria impossível imaginar o que eles chamavam de briga.

1863 Cria-se a *Football Association* na Inglaterra. Surgem as regras, as leis, os estádios.

1871 O primeiro jogo internacional reúne escoceses e ingleses.

1873 Um jogo importante é antecipado para que os jogadores ingleses possam assistir às regatas.

1878 Grande avanço tecnológico: usa-se pela primeira vez o apito.

1882 O *International Board* estabelece regras mundiais. A bola lateral passa a ser devolvida, obrigatoriamente, com as duas mãos.

1883 Travessões sólidos passam a ser usados no lugar de sarrafos frágeis.

1885 Data-se aqui habitualmente o início do profissionalismo.

1888 Foi quando os holandeses, provavelmente de tamancos, começaram a dar seus primeiros chutes.

1891 Introdução das redes do gol, do pênalti e dos bandeirinhas.

1893 A Argentina é o primeiro país, fora das ilhas britânicas, a disputar um campeonato nacional.

1894 O brasileiro Charles Miller traz da Inglaterra para São Paulo duas bolas oficiais.

1895 Uma taça é roubada da sede do Aston Villa.

1898 O insulto entre jogadores passa a ser punido.

1899 Determina-se o peso da bola para jogos internacionais.

1900 Decide-se que as decisões do juiz são decisivas.

1901 Antecipando a fusão, o futebol carioca começa a existir em Niterói.

1902 Vinte e cinco espectadores mortos em Glasgow durante um jogo entre escoceses e ingleses. João Ferreira funda um time no Rio.

1903 Introduzida a lei da vantagem.

1904 Fundada a FIFA.

1905 O Fluminense é o primeiro campeão carioca.

1906 O selecionado paulista perde para um time da África do Sul.

1908 A Seleção argentina vence quatro partidas no Rio e em São Paulo.

1909 Os goleiros são obrigados a usar camisas de cores diferentes.

1910 As partidas finais que acabam empatadas têm o tempo prorrogado.

1912 O goleiro só pode usar as mãos dentro da área de pênalti.

1913 Nos chutes livres, o adversário tem de permanecer dez jardas além da bola.

1914 Os jogadores ingleses formam um batalhão guerreiro.

1916 É formada a Federação Sul-Americana de Futebol.

1923 O primeiro campeonato brasileiro é vencido pelos paulistas.

1924 O gol direto de córner passa a ser válido. É o ano em que o Uruguai ganha em Paris o título olímpico.

1930 O Uruguai, em Montevidéu, derrotando a Argentina (4 x 2), ganha a primeira Copa do Mundo. O Brasil perde na estreia para a Iugoslávia (2 x 1) e derrota a Bolívia (4 x 0).

1931 Profissionalismo na Argentina.

1934 Os italianos ganham em Roma a Copa do Mundo. Dividido entre profissionalismo e amadorismo, o Brasil é eliminado pela Espanha.

1938 A Itália ganha em Paris a Copa do Mundo. O Brasil fica em terceiro lugar.

1946 O futebol de mulheres é rejeitado pela segunda vez. Criada a Taça Jules Rimet.

1949 Dezoito jogadores do Torino morrem num desastre aéreo.

1950 O Uruguai conquista no Maracanã a Copa do Mundo.

1952 O Brasil ganha o primeiro Campeonato Pan-Americano.

1954 A Alemanha ganha, na Suíça, a Copa do Mundo.

1958 O Brasil vence a Copa do Mundo na Suécia.

1962 O Brasil vence a Copa do Mundo no Chile.

1966 A Inglaterra vence a Copa do Mundo em Londres.

1969 Pelé marca o milésimo gol.

1970 Brasil vence a Copa do Mundo no México.

1974 Mistério. Estou escrevendo poucas horas antes da partida do Brasil com o Zaire.

De duas coisas estamos certos: o brasileiro Jean-Marie Faustin Godefroid Havelange está na presidência da FIFA. Outra certeza: o futebol já foi retocado diversas vezes em suas regras e táticas; vencendo quem vencer esta Copa, a sensibilidade popular está demonstrando que o futebol precisa de uma revolução radical para salvar-se como espetáculo das multidões.

E se não quiserem mexer nas regras, para salvar o futebol, há outra solução, embora utópica: acabarem para sempre com os técnicos. Sem técnicos, talvez a rapaziada conseguisse devolver ao futebol a pureza do brinquedo.

POETA DO DIA: EMILY DICKINSON

Poema

Não era a morte, pois eu estava de pé
e os mortos estão todos deitados;
não era a noite, pois todos os sinos
punham a língua de fora ao meio-dia.

Não era o orvalho, pois na carne
sentia sirocos a rastejar...
Nem o fogo, pois os meus pés marmóreos
podiam guardar para si um frio santuário.

Era no entanto como se fossem.
Formas que vi
arrumadas para o enterro
lembravam as minhas,

como se a minha vida, recortada
e emoldurada,
ficasse irrespirável sem uma chave;
e foi como se fosse meia-noite, um pouco,

quando tudo que bate de leve para,
e o espaço olha em torno,
e a geada horrenda, manhãs primeiras de outono,
bloqueia o chão palpitante.

Principalmente como o caos — frio, incessante —
sem saída ou ponto de apoio,
sem qualquer notícia da terra
para justificar o desespero.

BAR DO PONTO

O Penúltimo

Os últimos drinques que bebi com os meus mortos não me deixam. Graciliano, Eustáquio, Raimundo, Jaime, Emílio, Mário, João, Luís, Arnaldo, Darwin, Haroldo, Lúcio, Luís, Vinicius. Era o último. E eu pensava que fosse o penúltimo. Pelas

cloacas da noite procuro o que foi, onde foi, quando foi. E nunca
entendi nada.

PIPIRIPAU

Noël

Le vent de nulle part
arrégimente son cafard.
Le vent sans renommée
dit "je vous en prie" toute l'année.
Le vent du génie est mort jadis,
très loin d'ici et d'ennui.
Le vent de Noël
ça c'est de l'insémination artificielle.

GRAFITE

Sonoroso

Tinha 17 pra 18 anos
quando o trem de Minas numa noite suja de chuva
parou na estação de Nova Iguaçu
    e fiquei ouvindo um choro de saxofone duma gafieira ali
perto

e então
com uma prospectiva instantânea
absurda
estúpida
adivinhei
esmagado na cadeira
o resto da minha vida

SUPLEMENTO INFANTIL

C. S. Lewis

Tio André, sabe,
andava mexendo com umas coisas
que ele mesmo não saca muito direito;
aliás,
isto acontece muito com os feiticeiros,
quase todos.

CORISCOS

Coriscos no Parque

Hermética é a poesia que se expressa em linguagem mímica.

*

Nem sentida nem compreendida, a poesia é transmitida como as febres.

*

Poesia é jogo de logomania dos anjos bons contra os maus.

*

Poesia promete sangue, suor, lágrimas, água, pão, flor e nada.

14

Artigo Indefinido
UMA TÚNICA DE VÁRIAS CORES

O Gol é Necessário
CÍRCULO VICIOSO — 1959

Poeta do Dia
CUMMINGS: ONDE JAMAIS VIAJEI

Bar do Ponto
CADÊ

Pipiripau
ANTROPO LÓGICO

Grafite
FATUM

Suplemento Infantil
SALADA JAPONESA

Coriscos
CORISCOS NO PARQUE

ARTIGO INDEFINIDO

Uma Túnica de Várias Cores

O bêbado é o ser primitivo com os seus ritos. Uma alma em estado permanente de sacrifício (brinde): à natureza e ao fluxo dos acontecimentos.

*

E o Pai disse: Meu filho, a bebida é um dos bons amigos do homem: insensatez é transformar amigo em inimigo.

*

O crime deixou de compensar: agora não bebo mais demais.

*

Ó Borgonha feliz — diz Erasmo, humano humanista —, que mereces ser chamada Mãe dos Homens, pois forneces das tuas mamas um leite tão gostoso!

✻

A fofoca é de Johnson: na Irlanda, quem não dá bebida, não recebe visita.

✻

Le bar, pour Toulet, est un lieu privilégié, un peu comme l'intérieur d'un sous-marin... *(P. O. Walzer)*

✻

Enfin, pour un Verlaine, que de buveurs d'absinthe! *(Idem)*

✻

Impus-me a obrigação de nunca beber enquanto é dia claro e de não recusar bebida depois de escurecer. (H. L. Mencken)

✻

Primeiro, o homem bebe vinho; depois, o vinho bebe vinho; depois, o vinho bebe o homem. (Provérbio japonês)

✻

Escrever é uma forma de exibicionismo; o álcool reduz as inibições e revela o exibicionismo. Escrever requer o interesse pelos outros; o álcool aumenta a sociabilidade. Escrever implica fantasia; o álcool promove a fantasia. Escrever exige autoconfiança; o álcool favorece a autoconfiança. (Donald W. Goodwin, psiquiatra da Universidade de Washington)

*

Quando tomo um drinque me sinto outro homem, e este outro homem pede logo um drinque. (Chesterton)

*

O homem não precisa de muita bebida, mas que seja forte. (Oliver Wendell Holmes)

*

Clarete é bebida para rapazolas; vinho do Porto, para homens; mas quem pretende ser um herói deve beber conhaque. (Samuel Johnson)

*

Depois do primeiro absinto, você vê as coisas como desejaria que elas fossem. Depois do segundo, você as vê como elas não são. Por fim você vê as coisas como são realmente, e isso é a coisa mais horrível do mundo. (Wilde)

*

Oh, he occasionaly takes an alcoholiday. (Wilde, a propósito de seu irmão)

*

Dos seis americanos que obtiveram o Prêmio Nobel, quatro (O'Neill, Sinclair Lewis, Faulkner, Hemingway) eram alcoólatras, e um quinto (Steinbeck) bebia pra valer. (Time, out. 1970)

*

O alcoólatra pode abster-se totalmente por períodos de tempo variáveis e não sentir o desejo de beber, mas é incapaz de beber moderadamente. (Ruth Fox)

✳

O alcoolismo não é um hábito. É a consequência de uma doença da personalidade. É o sintoma de uma doença. (George Thompson, professor de neurologia e psiquiatria)

✳

Dos 180 milhões de habitantes que constituem a população dos Estados Unidos, cerca de 100 milhões são adultos. Cerca de 80 milhões desses homens e mulheres tomam um drinque uma vez ou outra. Cinco milhões deles, de acordo com a estimativa geralmente aceita, são alcoólatras. Um milhão desse montante recebeu ou está recebendo tratamento continuado. Estima-se que cerca de 60% deles permaneçam alcoólicos ativos. (Berton Roueché)

✳

Quando os nossos vícios nos deixam, nós nos lisonjeamos com a crença de que os deixamos. (La Rochefoucauld)

✳

A França produz 60 a 80 milhões de hectolitros de vinho por ano e possui 588 mil bares. (A. e M. Porot)

✳

O tributo recolhido por um dos primeiros faraós do Egito, no decurso duma expedição, foi de 470 jarras de mel e 6428 jarras de vinho. (Relatado no Congresso Internacional de Higiene Mental, Paris)

*

Na verdadeira noite escura da alma são sempre três horas da madrugada. (Scott Fitzgerald)

*

Os poetas e os bêbados há longo tempo se esfalfam pelo louvor de Baco; mas o que de mais glorioso dele se pode dizer é que suspende a razão e, por conseguinte, os cuidados, os temores, os sofrimentos dos quais esta razão importuna é a origem. (Erasmo)

*

A vida, uma gota de leite e de absinto. (Lacordaire)

*

Muitos gritam: "Ah, se não existisse o vinho!". Insensatos! É o vinho que causa o abuso? Deveriam então gritar também: Ah, se não existisse a mulher, não existiria o adultério! (São João Crisóstomo, 4º século)

*

Boca de pau, choradeira de gatos, carpinteiros na cuca, desentoado, sobrevivência — assim franceses, alemães, noruegueses, italianos e americanos chamam o gosto de cano de guarda-chuva.

*

O álcool nunca poderá fazer você pensar melhor; poderá apenas fazê-lo menos envergonhado de seus erros. (Esther E. Lape)

*

Se o paciente é incapaz de parar depois de dois ou três

drinques, trata-se quase com certeza de um alcoólatra. (*Ruth Fox, do Conselho de Alcoolismo dos EUA*)

*

Estou sentindo uma falta da outra metade! (*Meu amigo Marcelinho, ao tomar uísque* unblended *pela primeira vez*)

*

A boêmia não é um caminho, é um beco sem saída. (*Henri Murger*)

*

O caminho também é um beco sem saída. (*João*)

*

Você é um bêbado, como um grande número de bons escritores, não passa disso. (*Hemingway para Fitzgerald*)

*

Se uma sacerdotisa abrir um bar ou entrar num bar com a intenção de beber, será queimada. (*Do Código de Hamurábi*)

*

Há na cidade uma taberna, onde meu amor hiberna para beber seu vinho entre risos sem fim e nunca se lembra de mim. (*Velha canção inglesa*)

*

Eu sou um abstêmio de cerveja, mas não um abstêmio de champanha. (Personagem de Shaw)

*

Judeus, italianos, chineses — grupos raciais que apresentam, nos Estados Unidos, os menores índices de alcoolismo. Americanos de origem irlandesa ou anglo-saxônica — os mais altos índices.

*

Uísque não fica bêbado dentro da garrafa. (George Santayana)

*

A sobriedade reduz, discrimina e diz não; a embriaguez expande, une e diz sim. O álcool é de fato o grande excitador da função SIM do homem. (William James)

*

Baixíssima capacidade para suportar a frustração.
Inaptidão para tolerar ansiedade ou tensão.
Desvalorização da autoestima.
Tendência a agir impulsivamente.
Uma repetitiva representação de conflitos.
Extremado narcisismo muitas vezes. Exibicionismo.
Tendência a comportamento autopunitivo.
Preocupação somática e hipocondria, algumas vezes.
(Similaridade dos traços de caráter dos alcoólatras, segundo Ruth Fox, já duas vezes citada)

*

Há duas razões pra beber: quando você está com sede, para curá-la; a outra, quando você não está com sede, para preveni-la... Prevenir é melhor do que curar. (Thomas Love Peacok, século XVII)

*

Quem toma bar errado, chega em casa mais cedo.

*

Quem bebe depressa chega tarde.

*

O pior bêbado é o que tem razão pra beber.

*

Do japonês: o homem meio bêbado se expõe todo.

*

Quem bebe todos os dias corre o risco de acabar mal. Por excesso de fumo.

*

Ovalle: O importante é saber se o uísque gosta da pessoa.

*

Ascânio, chutando a abstinência prescrita pelo médico, descobriu por fim o que lhe fazia mal: Cachaça gelada!

*

Os torturados entram na câmara antes de meia-noite. Lá dentro faz um frio de arrepiar. Às vezes, de repente, um calor de rachar. Ruídos pra lá de cem decibéis. Funcionários servem drogas que provocam imbecilidade temporária, acessos de riso, ou sono, ou uma excitação incoerente; às vezes um furor perigoso. Objetos perfurantes e contundentes ficam ao dispor dos torturados em tais ocasiões. Os torturados chupam e expelem no ambiente uma fumaça que pode provocar o câncer e outras doenças malignas. Os torturados podem dançar. Ao nascer do sol, fecha-se a câmara de tortura. Os torturados são obrigados a ganhar a liberdade, depois de pagarem altos preços pelas torturas. Apesar do descontrole psicomotor em que se encontram, não são impedidos de dirigir seus automóveis.

*

O famoso temperamento russo (riso-lágrima, amor-ódio, anjo-demônio — justapostos) é o temperamento da vodca.

*

Bebo quando me aparece uma oportunidade e, às vezes, quando não me aparece a oportunidade. (Dom Quixote)

*

Dono de bar que exige comportamento de casa de chá devia ser pendurado de cabeça pra baixo.

*

Todo homem está duas doses abaixo do normal, dizia Humphrey Bogart. Antes dele escreveu C. E. Montague: "I was born below par to th'extent of two whiskies".

*

Bar é bar! (José Luiz Ferraz)

*

Se tenho de morrer, que aconteça numa taberna. (Map — século XV)

*

Let us have wine and women,
mirth and laughter,
Sermons and soda water the day
after. *(Byron)*

*

Álcool é assunto ingrato. (Lord D'Abernon)

O Gol é Necessário

Círculo Vicioso — 1959

Bailando sem jogar, gemia o Macalé:
— "Quem me dera que fosse o preto Moacir,
Que vive no Flamengo, estrela a reluzir!"
Mas a estrela, fitando em Santos o Pelé:

— "Pudesse eu copiar o bom praça de pré,
Um cobra que jamais encontrará faquir,
Sempre a driblar, a ir e vir, chutando a rir!"
Porém Pelé, fitando o mar sem muita fé:

"Ah se eu tivesse aquela bossa de tourada
Que faz de qualquer touro o joão de seu Mané!"
Mas o Mané deixando, triste, uma pelada:

— "Pois não troco Pau Grande por Madri, Pelé,
E mesmo o Botafogo muito já me enfada...
Por que não nasci eu um simples Macalé?"

Poeta do Dia: E. E. Cummings

Onde Jamais Viajei

onde jamais viajei, alegremente além
de qualquer experiência, teus olhos têm o silêncio deles;

no teu gesto mais frágil há coisas que me encerram
ou que não posso por perto demais tocar...

o teu mais leve olhar facilmente me descerra
embora como os dedos eu me tenha cerrado,
sempre me abres pétala por pétala como a primavera
abre (tocando-a jeitosa, misteriosamente) sua primeira rosa

ou, se te aprouvesse encerrar-me, eu
e minha vida nos fecharíamos em beleza, subitamente,
como quando o coração desta flor imagina
a neve cuidadosamente por todo lado a tombar;

nada do que nos é dado a perceber neste mundo se iguala
ao poder da tua intensa fragilidade: cuja textura
me compele com a cor das suas pátrias,
que me cedem a morte e o sem fim a cada alento

(não sei o que vai em ti que se fecha
e se entreabre; apenas alguma coisa em mim entende
que a voz dos teus olhos é mais funda que as rosas todas)
e ninguém, nem mesmo a chuva, tem as mãos assim tão pequenas

BAR DO PONTO

Cadê

Uai, sô! Cadê os ouros de Minas? Cadê o bolinho de feijão?
Cadê o pôr do sol do Belo Horizonte? Cadê latim? Cadê jogo de

truco? Cadê rosa da rua? Cadê casarão? Cadê mineirão songa-
monga? Cadê peixe vivo? Cadê pinga superior?

Calma, velho! Não tem fubá quem foge do moinho. Mas,
caçando bem, ainda se pode achar um gostinho antigo dentro de
Minas plastificada. Vá andando, vá levando, e talvez numa tarde
de sábado de cidade velha, você encontre quatro mineirões son-
gamongas, que almoçaram frango com quiabo, beberam café
com queijo suado, cantaram cantigas antigas, e agora jogam truco num casarão, tomando uma pinga superior e mascando bolinho de feijão. O que é bom anda escondido; mas existe; e vai re-
sistindo à poluição destes tempos roedores: ainda.

PIPIRIPAU

Antropo Lógico

Certo de que,
em todas as partes do mundo,
o homem desequilibrou a oferta ecológica,
o jovem biologista dr. Homo Sapiens Brasiliensis,
convidado para um congresso em Paris
— fez questão —,
levou a mulher dele.

GRAFITE

Fatum

Desengasta a rosa
densa o hálito de nada
dum senhor distante

SUPLEMENTO INFANTIL

Salada Japonesa

Podes saber dez coisas, aprendendo uma! Não se endireita cobra dentro do bambu! Homem pelado não esquece carteira! Dinheiro arranca a gente até do inferno! Cai fora do mato enquanto é dia! Adoidado aos quarenta, adoidado aos noventa!

CORISCOS

Coriscos no Parque

Ser condutor de poesia? Ou ser eletrotécnico de poesia?

*

A rosa persegue o poeta como a roda persegue o engenheiro.

*

Poesia é jornal dos fatos que só vão acontecer quando chegar o leitor.

*

A teimosia, como a cruz para o cristão, é o sinal do tradutor de poemas.

*

Sou como os dois discípulos diletos de Isócrates ao mesmo tempo: o Éforo em mim tem de ser esporeado; e o Teopompo precisa de rédea.

*

O jornalista não deve ser muito burro, mas o patrão também espera que ele não seja muito inteligente.

*

Prometeu Brasileiro da Silva, depois de receber o certificado do MOBRAL, na Piedade, passou pela Livraria Leonardo da Vinci e encomendou o *Ulysses* de Joyce.

15

Artigo Indefinido
GARCÍA LORCA

O Gol é Necessário
NOSTALGIA

Poeta do Dia
JIMÉNEZ: MÚSICA

Bar do Ponto
MILHO E CACHAÇA

Pipiripau
ROSA E JK

Grafite
BAR CALYPSO

Suplemento Infantil
ORIENTAL

Coriscos
CORISCOS NO PARQUE

Artigo Indefinido

García Lorca

Pablo Neruda descreve assim o autor do Romancero Gitano: *"Era um relâmpago físico, uma energia em contínua rapidez, uma ternura completamente sobre-humana. Sua pessoa era mágica e morena e trazia a felicidade".*

Guillermo de Torre: "Quem poderia ter ficado imune ante o seu lirismo penetrante, a sua infantilidade risonha, a sua alegria desabrida?".

O poeta Pedro Salinas sentia que ele vinha antes de chegar, era a festa, era a alegria.

Império de simpatia, para Dámaso Alonso.

Perto de Lorca, constatou Jorge Guillén, nem calor nem frio: fazia Federico.

Num dos momentos mais desagradáveis de sua vida, o próprio "*império*" *escrevia a um amigo: "É preciso ser alegre, o dever de ser alegre".*

Que importa que o mais alto cimo de Federico García Lorca, como o de todo grande poeta, não fosse o da alegria? Só poetas, não apenas grandes mas muito especiais, sabem juntar uma sombria obsessão de morte a uma ânsia vital ilimitada.

Poetas que extravasam dos versos e continuam, depois de mortos, a provocar, em quem os viu ou não viu, a nostalgia da presença sensorial. No caso dele, era tão excitante essa centelha física que quase se bastava: não se pode imaginar artista de sucesso garantido mais descuidado em "edificar" uma obra, em corporificar os poemas. Não que fosse um improvisador ou uma espécie de boêmio de gênio; costumava trabalhar um poema curto demoradamente, deixá-lo a depurar na gaveta, para retomá-lo várias vezes, certo de que era poeta por graça de Deus, ou do diabo, e do artista artífice.

García Lorca tem analogias bastante expressivas com o nosso Mário de Andrade e que poderiam ser desenvolvidas: esses olhos claros para o que é inspiração e artesanato; aquela mesma fascinação pessoal que não se explica, mas todos sentem, e que em Andaluzia pode ser causada por um duende; o mesmo gosto popular, equilibrado com a disciplina do que é de fato clássico na tradição; instinto simpático pelos grupos humanos pobres ou primitivos; ouvido fino para a música; espírito de ordem e de aventura; visão dos valores plásticos; e daí se poderia partir para incidências bem minudentes, como, por exemplo, o da mesma ternura pelos diminutivos (até de verbos) do andaluz e do brasileiro. Lorca dava importância ao amor de Granada pelo diminuto, uma verdadeira estética das coisas diminutas, "a nota mais distinta e o mais delicado brinquedo" dos artistas granadinos.

Quando nasceu Federico García? 1898 ou 1899? Até hoje as duas datas se revezam nos compêndios e a coisa já deu motivos a pruridos polêmicos. Por uma infantilidade qualquer, superstição ou brincadeira, o poeta deixou indecisa a data de seu nascimento, afirmando um "erudito lorquiano" que ele veio ao mundo a 5 de junho de 1899, retrucando outro que isso se deu a 15 de junho do mesmo ano ou do anterior.

Mas foi, sem dúvida, em Fuente Vaqueros, nos arredores de Granada, em terras de Andaluzia, filho de proprietários rurais.

Depois de bancos escolares em Almería e Granada, por volta dos vinte anos ele se encontra em Madri enturmado na Residencia de estudantes e nos cafés com os jovens artistas, o cineasta Luis Buñuel, o pintor Salvador Dalí, o prosador Guillermo de Torre, o poeta Rafael Alberti, entre muitos. Dalí pinta a seu modo esse encontro: "O fenômeno poético, em sua integridade e crueza, apresentou-se por si mesmo diante de mim, subitamente, em carne e osso, confuso, rubro-sangue, viscoso e sublime, tremulante com mil fogos de escuridão e de biologia subterrânea, como toda matéria dotada com a originalidade de sua própria forma". Numa ode famosa, por sua vez, o poeta retrataria um Dalí claro, rigoroso, pré-surrealista. Ambos se incumbem de divertir a moçada com teorias humorísticas e balés burlescos. Às vezes Federico tem de recitar os próprios poemas, o que, mesmo com o mínimo histrionismo, testemunham os outros, centuplicava o encanto dos versos e fazia de cada novo espectador um agente promocional do rapaz de Granada.

Apesar de desconhecido seu livro de estreia poética, apesar do fracasso de sua primeira comédia, a fama de García Lorca abriu-se em círculos concêntricos como a água mansa ferida pela pedra. E hoje, depois do triunfo teatral, depois da glória póstuma do sacrifício de sangue, verifica-se que o auditório de Lorca só é talvez superado na literatura espanhola pelo de Cervantes. Bem ou mal, ele está traduzido em todas as partes do mundo. E até pouco tempo, só antes dos barbudinhos e das motocas, em qualquer esquina do mundo, quem voltasse pra casa numa madrugada de verão poderia *ouvir de repente numa reunião burguesa uma voz tentando dar expressão ao romance da casada infiel: "E eu que fui com ela ao rio/ pensando que era donzela/ tinha porém um marido./ Foi a noite de São Tiago/ e quase por compromisso./ Os lampiões se apagaram/ e se acenderam os grilos./ Já nas últimas esquinas/ toquei seus peitos dormidos/ e se me abriram de pronto/ como ramos de jacintos./ A goma de sua anágua/ ressoava em meus ouvidos/ como uma peça de seda/ por dez facas feita em tiras./ Sem luz de prata nas copas/ têm as árvores crescido,/ e um horizonte de cães/ a latir longe do rio./ Atravessando o sarçal,/ mais os juncos e os espinhos,/ sob os seus bastos cabelos/ fiz um côncavo no limo./ Arranquei minha gravata./ Ela tirou o vestido./ Eu, cinturão com revólver./ Ela, seus quatro corpinhos./ Nem nardos nem caracóis/ têm uma cútis tão fina,/ nem os cristais com a lua/ relumbram com tanto brilho./ Suas coxas me escapavam/ como peixes surpreendidos,/ metade cheias de luz,/ metade cheias de frio./ Viajei naquela noite/ pelo melhor dos caminhos,/ montado em potra de nácar/ sem rédeas e sem estribos./ Não quero dizer, por homens/ as coisas que ela me disse,/ pois a luz do entendimento/ me faz muito comedido./ Suja de beijos e areia,/ os dois deixamos o rio./ Contra a brisa combatiam/ as armas brancas dos lírios./ Procedi como quem sou./ Como gitano legítimo./ Dei-lhe cesta de costura,/ grande, de cetim palhiço,/ e não quis enamorar-me/ porque, tendo seu marido,/ disse a mim que era donzela/ quando eu a levava ao rio".*

O Romancero Gitano *é o mais alto livro de García Lorca, trabalhado e sólido como uma pedra, como ele queria seus romances. Pablo Neruda disse a mim que a obra-prima do amigo teria sido* Sonetos del Amor Oscuro, *um livro que sumiu, também considerado por Vicente Aleixandre um "prodígio de paixão, de entusiasmo, de felicidade, de tormento, puro e ardente monumento ao amor". Registre-se mais uma vez a lamentável perda. Mas o* Romancero *é um livro perfeito.*

Foi publicado pela primeira vez em 1928, e um ano antes o autor já se confessava um pouco aborrecido com o mito de sua gitanería: "Procuro harmonizar o mitológico gitano com o puramente vulgar dos dias presentes, e o resultado é estranho, mas creio que de uma beleza nova". Os gitanos são o tema, mais nada, e ele preferia dizer que se tratava de um livro de Andaluzia.

Quando, numa carta, Lorca procura contar o que era a Huerta de San Vicente, onde morava, talvez estivesse traduzindo em prosa o que buscava transmitir na poesia do Romancero Gitano: "Há tantos jasmins no jardim e tantas damas-da-noite que pela madrugada nos dá a todos de casa uma dor lírica de cabeça tão maravilhosa como a que sofre a água retida. E, no entanto, nada é excessivo. Este é o prodígio de Andaluzia".

É isso aí. Como toda obra-prima que se preza, o Romancero é um objeto de luxo, mas que, no caso, faz questão de ser o luxo da água e do jasmim. Não excessivo. Vários críticos ressaltam no livro a insistência do contraste entre a vida natural dos gitanos e o peso repressor ou civilizado que emana duramente da Guarda Civil. Sim. Mas acreditamos que se pode esticar mais e melhor a percepção desse contraste, até o ponto feliz e tenso em que sentiremos, dentro de cada um de nós, os impulsos e as respectivas contrações, um ego e um superego, um gitano e um guarda-civil.

Lorca, sem aludir a interpretações simbólicas (a poesia de alta voltagem sempre ultrapassa o domínio que o autor possui de suas próprias intenções), não queria que o livro fosse tomado como um mural pitoresco do gitanismo. Era mais um retábulo do andaluzismo: "É um canto andaluz no qual os gitanos servem de estribilho. Reúne todos os elementos poéticos locais e neles coloco a etiqueta mais facilmente visível. Romances de vários personagens aparentes, que têm um único personagem essencial: Granada". Melhor ainda: "A poesia é um outro mundo".

Mais sutilmente explícito não poderia ser. Para o ensaísta

inglês C. M. *Bowra, a geração lorquiana aspirava a um movimento mais vigoroso do que Juan Ramón Jiménez e mais musical do que Antonio Machado; se algum livro subiu a essa altura, foi o* Romancero.

Guillermo Díaz-Plaja *o estudou exaustivamente, chegando a levantar a estatística de cores, flora, animais etc. São apenas dezoito poemas, bastante curtos, em redondilha maior, de rimas toantes, uma tradição da lírica espanhola, revitalizada por alguns modernos. Um bom exemplo da arquitetura e da atmosfera de* Romancero *pode ser encontrado em* Preciosa y el aire *(na tradução de Afonso Félix de Sousa):* "A lua de pergaminho/ Preciosa vem tangê-la/ por uma anfíbia vereda/ de cristais e de loureiros./ O silêncio sem estrelas,/ fugindo aos sons do pandeiro,/ cai onde o mar bate e canta/ sua noite cheia de peixes./ Nos altos picos da serra/ dormem os carabineiros/ a guardar as brancas torres/ onde moram os ingleses./ Perto os gitanos do rio/ matam o seu tempo erguendo/ coretos de caracóis/ e ramos de pinho verde./ A lua de pergaminho/ Preciosa vem tangê-la./ Ao vê-la — eis que se levanta/ o vento sempre desperto./ San Cristobalón desnudo,/ cheio de línguas celestes,/ olha a menina tocando/ uma doce gaita ausente./ — Menina, deixa que eu erga/ teu vestido para ver-te./ Abre em meus dedos antigos/ a rosa azul de teu ventre./ — Preciosa arroja o pandeiro/ e corre não se detendo./ Com o ardor de sua espada/ machão o vento a persegue./ — Franze seu rumor o mar./ Encolhem-se as oliveiras./ Cantam as flautas da sombra/ e o liso tantã da neve./ — Preciosa, corre, Preciosa,/ que te pega o vento verde!/ Olha-o por onde ele chega!/ Sátiro de estrelas baixas/ e com línguas reluzentes,/ — Preciosa encontra uma casa,/ onde entra, morta de medo./ Lá, muito acima dos pinhos,/ mora o cônsul dos ingleses./ — Assustados pelos gritos/ chegam três carabineiros,/ negras capas ajustadas/ e os bonés cobrindo as têmporas./ O cônsul dá à gitana/ um copo morno de leite,/ e um cálice de genebra/ que Preciosa não aceita./ — E* enquanto conta, chorando,/ a aventura àquela gente,/ o vento, furioso, morde/ em cima a ardósia das telhas".

Embora o "caso" aí narrado contenha elementos de lendas clássicas, García Lorca escreveu a um amigo ter inventado esse mito; melhor para ele e para a autenticidade simbólica da mitologia. Díaz-Plaja vê nesse poema um exemplo típico de uma característica de todo o livro: "O uso de uma linguagem metafórica convivendo com uma linguagem extremadamente normal". Mais elaborada análise do poema faz entretanto um professor de Illinois (J. F. Nims), aproximando Preciosa da Gitanilla de Cervantes, outro modelo de castidade aos quinze anos. San Cristobalón, meio pagão, meio cristão, importante no folclore espanhol, é uma espécie de Pã, um deus da fertilidade, pronto a fazer vítimas preciosas. Para escapar, a menina recorre à proteção artificial do mundo civilizado, com seus policiais e estrangeiros ricos. Aqui o conflito entre a inocência e o sexo é cósmico, e se há moral nesse romance Lorca não foi o primeiro a dizê-la. Preciosa viu-se um instante a salvo, nos domínios do convencional, e o que pode ter acontecido mais tarde ninguém sabe, ninguém viu.

O melhor da análise de Nims é o que parece óbvio depois de enunciado: trata-se de um balé de imagens. Três personagens: a menina assustada, o desabrido San Cristobalón, o impecável cônsul inglês. Três carabineiros. Os gitanos são de água, ondulações do rio. Para o Silêncio, a Noite, o Mar, as Oliveiras, podemos imaginar dançarinos. O poeta é o coreógrafo; o poema é o que eles fazem.

Certo. García Lorca jamais perdeu seu gosto de visualizar balés ingênuos, nem mesmo nos versos ácidos e retorcidos sobre Nova York. O artista deve chorar e rir com o povo, isso não deve ser tomado num sentido de dramaticidade social; deve ser tomado ao pé da letra, declarado por um granadino inclinado à compreensão simpática dos perseguidos, do gitano, do negro, do judeu.

Romance sonâmbulo *é outro dos poemas mais famosos de* Lorca. *Rafael Alberti o considerava a melhor* balada moderna *da literatura espanhola.* Verde que te quiero verde. *Bowra traduziu isto para o inglês:* Green, how I love you, green. *Francamente: foi-se a verde graça. Nims viu nesse verso um intraduzível feitiço, que significa tudo e nada significa.* Verde *significa* green; te quiero *significa* I love you *e* I want you. *Que não passaria de modo algum para o inglês, significando algo como* the fact is that, *e sendo ao mesmo tempo mais que um expletivo retórico. Não dá! Concluiu com juízo o professor; e o leitor que dê um jeito de morar na integral verdade destas palavras:* Verde que te quiero verde. *Para nós, brasileiros, não é nada difícil, no caso; mas por aí temos uma ideia dos abismos que faíscam na singeleza da sintaxe lorquiana.*

Às vezes, no entanto, não é por falta de alcance sintático, mas por falta de informações justas, que o leitor pode perder-se nos diminutos jogos de cena peculiares a García Lorca. Por exemplo: Antonio Torres Heredia, filho e neto de Camborios, com uma vara de vime vai a Sevilha ver os touros.

Se não soubermos que Torres, Heredia *e* Camborio *são nomes fidalgos da* gitanería, *e que esta ressuma uns ares de aristocracia, bem típica, não poderemos avaliar o significado nobre da vara de vime que o garboso gitano conduz na jornada para Sevilha. Só depois de integrado no clima senhoril dos Camborios, o leitor poderá apreender a altivez dessa vara de vime na mão de quem dispõe da nobreza de um passado, do esplendor do presente e da ociosidade do futuro, a ponto de se dar ao luxo de ir às touradas de Sevilha.*

Na metade do caminho, cortou limões redondos e os foi atirando à água até que a pôs de ouro. Só penetrados nesse luxuoso espaço vital do gitano, percorrido com palavras tão rápidas, poderemos logo depois, com ele, sofrer os horrores da humilhação do calabouço (e essa palavra também é essencial à fortuna do texto), enquanto os guardas-civis, como os leitores distraídos (achando que não houve mais do que uma detenção por vadiagem), bebem limonada, todos.

Toda atenção é pouca na leitura do Romancero Gitano *e quem perde demais é o desatento.*

Os artistas espanhóis conseguem com uma espontaneidade quase racial harmonizar o erudito e o popular; García Lorca foi um mestre habilíssimo dessa arte, que surge com o mesmo vigor gracioso na música de seu amigo Manuel de Falla. Mas temos de levantar as orelhas para não vir a gozar uma vulgaridade onde brilha uma finura, ou para não levantar um monumento à cultura onde se improvisou uma boa palhaçada.

Guillermo de Torre é categórico: para ele, Federico García Lorca nunca teve a menor relação ativa com a política e recusava participar de atos de sentido político. Possível portanto que apenas a Guardia Civil *teve uma relação ativa e repulsiva com a poesia de Lorca. Certo é que os falangistas de Granada o retiraram de uma casa, onde pensara refugiar-se, durante a noite. Na manhã seguinte estava fuzilado e morto. Tinha 37 anos.* Mataron a Federico quando la luz asomaba. *Quase todos os poetas, de 1936 aos nossos dias, cantaram o crime. Mas em prosa ele ainda não foi contado direito.*

O GOL É NECESSÁRIO

Nostalgia

O futebol de hoje tem certa monotonia de repartição pública. Os jogadores assinam o ponto, cumprem o regulamento, respeitam o sr. diretor, desempenham suas obrigações elementares durante noventa minutos de expediente.

O chefe dos jogadores, como em geral chefe de repartição, fica de fora do expediente; é o técnico, o super-homem, o arquientendedor! Prepara o serviço com antecedência e dá entrevistas misteriosas. Os onze funcionários nada mais devem fazer do que executar a tarefa confiada. O pavor do jogador comum é não desagradar o técnico, e o pavor do técnico é não desagradar o craque. Uma faltazinha, e é a demissão, o demérito no boletim, é não ser incluído no próximo jogo.

Mas quem joga mesmo agora é o técnico! Este, com a nova escola, goza uma vantagem: arrola em sua folha corrida as vitórias e põe nos jogadores, seus funcionários, a culpa das derrotas.

Às vezes, acontece o seguinte: o primeiro tempo é chato, o segundo tempo melhora. Por quê? Porque o primeiro tempo, invariavelmente, é jogado pelos dois técnicos dos dois times, os jogadores entram em campo para redigir os ofícios, lavrar as ordens de serviço, expedir memorandos e circulares. Como essa burocracia frequentemente dá errado para todos os dois lados, além de aborrecer o público, os dois técnicos, no segundo tempo, concedem um pouco mais de liberdade aos 22 homens em campo. Aí, a coisa melhora. Aí, existe realmente um pouco de futebol à maneira antiga, isto é, futebol invenção e amor... Aliás, cheio de amor, pois é o amor que inventa tudo...

POETA DO DIA: JUAN RAMÓN JIMÉNEZ

Música

De repente jorrando
de um peito que se parte,

o jato apaixonado fende
a sombra — como mulher
que abrisse os balcões soluçando,
nua, para as estrelas, com anseio
de morrer sem motivo,
que fosse vida louca, imensa.

E não regressa nunca mais
— mulher ou água —
mesmo que fique em nós, crepitando,
real e inexistente
sem poder parar.

BAR DO PONTO

Milho e Cachaça

A venda caminhou com os arraiais bandeirantes, fundou-se de alvenaria nas primeiras vilas, chegou à Independência, aguentou-se nos esplendores do Império, fofocou na República, e hoje ainda está aí, pertinho do supermercado, perene na sua mesmice pobre e repousante.

PIPIRIPAU

Rosa e JK

Guimarães Rosa, desassombrado no sertão poético, cauteloso em prosa protocolar, foi contemporâneo de Juscelino na Escola de Medicina de BH. Presidente, JK pediu a seu auxiliar João Milton Prates que localizasse o escritor por telefone: ele próprio queria comunicar ao amigo sua promoção a ministro do Itamaraty. Rosa fez um apelo ao assessor: — Um momentinho só: tenho de vestir o paletó para falar com o presidente.

GRAFITE

Bar Calypso

Se sou o que sou, não sou.
Se estou onde estou, não estou,
Pois, se eu fosse isto,
estando aqui,
por minha vontade seria diferente,
muito longe,
indiferentemente.

SUPLEMENTO INFANTIL

Oriental

Secreta dor, secreta graça:
guardar um fogo sem fazer fumaça.

CORISCOS

Coriscos no Parque

Quem for incapaz do silêncio é surdo à poesia. Só no silêncio do silêncio canta o poema.

*

Poeta: uma incapacidade de aprender as estruturas gramaticais somada à capacidade de inventar estruturas que dão prazeroso que fazer aos especialistas de estruturas gramaticais.

*

As coisas existem para que possamos conferir o poder da gramática.

*

Um poeta deixa no ar uma língua quase desconhecida; aos poucos, as gerações começam a entender as graças desse idioma estrangeiro. Parâmetro didático dessa lição: Baudelaire.

*

Todo leigo tem sua bíblia; só a bíblia de Murilo Rubião é a Bíblia.

*

Em 1943 o bonito mês de setembro fui eu, por graça de Maria.

16

Artigo Indefinido
PEDRO NAVA

O Gol é Necessário
COPA 1974

Poeta do Dia
LORCA: DE "MARIANA PINEDA"

Bar do Ponto
CASA MINEIRA

Pipiripau
NOMES DE PAÍSES ONDE AS AVES SE ENTENDEM

Grafite
CHÃO DE ESTRELAS

Suplemento Infantil
TRÍDUO DE PARTIDO-ALTO

Coriscos
CORISCOS NO ACABA MUNDO

Artigo Indefinido

Pedro Nava

Rachel de Queiroz, prima e amiga fraterna de Pedro Nava, revela que ele escreveu o primeiro volume de suas memórias na moita; frustrou os amigos escritores de qualquer glória de participação. Ainda nisso esse falso diletante da literatura mostrou-se tão supersticioso quanto muitos contumazes da máquina de escrever: falar de obra em andamento dá azar ou faz gorar ab ovo o embalo criador.

Mas vamos supor que Nava, por motivos maiores ou menores, não tivesse escrito Baú de ossos e Balão cativo. Seu septuagésimo aniversário teria sido comemorado pelos iniciados do culto navalesco: Rachel de Queiroz, Carlos Drummond de Andrade, Afonso Arinos de Melo Franco, Prudente de Morais Neto, Odilo Costa, filho, Carlos Chagas Filho, Otto Lara Resende, Fernando

Sabino... O testemunho de admiradores mortos seria invocado: Manuel Bandeira, Emílio Moura, Rodrigo M. F. de Andrade... Pablo Neruda, que deixou referência a tão poucos brasileiros, louvou o "Defunto" do Nava... Notas e artigos e reportagens seriam publicados sobre o grande amigo, a grande inteligência, a grande erudição, a grande sensibilidade, o grande contador de casos, o grande médico, o antigo grande boêmio... As novas gerações aceitariam complacentemente essa aorística coroa de louros. Ou não aceitariam, catalogando o fenômeno Pedro Nava entre essas criações sentimentais que uma geração costuma tecer em torno da figura de um companheiro que ficou para trás, que prometia um vendaval de talento e se desfez em brisa chocha.

A homenagem a Nava teria parecido aos olhos do grande público ledor (que, cá entre nós, é bem pequeno) uma conta de chegar da ternura ou até mesmo um ato de caridade. E essa opinião teria suas razões, pois os casos acontecem.

Quem era Pedro Nava antes do *Baú de ossos?*

O autor de um poema muito citado ("O defunto"); de outro poema bastante citado ("Mestre Aurélio entre rosas"); de mais uns poucos poemas nunca citados.

Quem é Pedro Nava depois de *Balão cativo?*

Uma personalidade global (esse título por acaso lhe calha como uma iluminação crítica); o autor de um dos mais ricos memoriais de nossa língua (ou de qualquer outra); um estilista da rara plasticidade, que anda à vontade do cru ao bem passado, da água ao vinho, do Céu ao Inferno, da sensação à percepção; um escritor que adquiriu o direito de desfilar numa passarela à qual os melhores só chegaram depois de muitos concursos.

Teria sido Nava um escritor da mesma categoria, caso tivesse praticado a literatura em vez da medicina?

Não creio. Desconfio. Teria sido, sim, um bom escritor diuturno, mas não o escritor excepcional que agora se mostra. Isso, a meu ver, por dois motivos principais: primeiro: seus dois famosos poemas — e eu bem os admiro — têm um ranço amadorístico dificilmente saneável com a madureza canônica; segundo: Pedro Nava parece ter nascido e crescido para esperar dezenas de anos, antes de escrever uma única obra, uma obra global, a obra-prima-nava.

Se admitida a hipótese do incurável diletantismo do Nava poeta, resta-me explicar que só acredito em Nava-autor-de-livro--único em virtude do excesso de amplidão desse homem global (mais uma vez). Faltam-lhe certa modesta e pontual dimensão do escritor-funcionário. Como foram exemplarmente Machado de Assis e Mário de Andrade, como é Carlos Drummond de Andrade.

A literatura em Pedro Nava não seria uma profissão, mas um homem; não seria uma prática artesanal, mas uma doação existencial; não seria uma fábrica intelectual (com disciplina, maneirismos, truques, cacoetes), mas um defluxo de experiências filtradas pela clareza de uma rara inteligência e traumatizadas por uma sensibilidade porosa aos milagres e às desgraças do existir.

Braque, pintor que soube falar com palavras, descobriu numa linha curta que a gente não precisa mais refletir depois de ter encontrado o próprio espaço. Goethe, Valéry, Mário de Andrade, mestres de sutilezas espirituais, talvez não tivessem exprimido essa fina sutileza com tanta finura.

Assim é. O Paraíso é o nosso espaço, se o encontramos. E o nosso espaço é a nossa alma, e a nossa arte, se a temos.

Ao ler, mordido de inveja profissional, mas deslumbrado de amor humano, os dois volumes publicados por Pedro Nava, acabei achando que a minha inveja e o meu amor surgiam e revoavam no hálito deste milagre: Nava encontrara o próprio espaço; Nava não precisava mais refletir; o sujeito enganchou-se no objeto e se fez arte; o ar, o avião e Lindbergh estavam de acordo, e essa unidade tripartida deslizava no espaço como um único ser, que não sofre a necessidade das reflexões.

Tadinho de mim!, exclamei com entusiasmo.

Os mais fascinantes memorialistas são em geral pessoas que não têm muita coisa para contar. As memórias dos grandes estadistas, dos grandes militares e dos grandes criminosos são quase sempre chatas. Na melhor das hipóteses, a magnitude dos próprios acontecimentos achata os autores ilustres. O Memorial de Santa Helena *só interessa a especialistas, pois, como contador de casos, Napoleão não foi uma figura napoleônica.*

Vejamos, do outro lado, os memorialistas. Santo Agostinho foi um easy-rider que, seguindo o figurino da curtição da época, usou filosofia em vez de motoca. Montaigne era um sitiante acomodado. Machado foi um servidor público que pegava a janta ainda com o sol e dava uma voltinha até a rua General Glicério. Proust foi um grã-fino cheio de dengues. Colette era uma das madames um pouco travessas de Paris.

Deu-se o mesmo analogamente com Pedro Nava: menino de Minas de sala de visita e quintal; inundado de saias familiares e óculos de adultos engonçados; estudante irrequieto; médico aplicado; bom sujeito; bom papo; poeta bissexto...

Com esse material biográfico aparentemente ressequido e sem graça é que Pedro Nava refaz em pouco tempo um espaço maravilhoso, o seu espaço maravilhoso, assim como Alice encontrou o seu além da toca do coelho.

"Tudo vale a pena quando a alma não é pequena." Na dimensão dessa palavra já praticamente exaurida — alma — habita a dança de quem veio ao mundo para contar depois o que se passou. O memorialista é uma espécie de autor póstumo e tem de ser longevo para dar seu recado.

Foi a alma que deu dois milagres mais ou menos tardios na literatura brasileira, Rosa e Nava, e ambos memorialistas, pois as estórias e o grande sertão do primeiro não passam de lembranças metafísicas, ou seja, de lembranças descomprometidas da exigência física (ou histórica) de que o segundo não abriu mão.

Projetando a alma de Nava não estou insinuando com malícia que vale o seu livro pelo que se chama sentimento, sinceridade e outras virtudes domésticas. Alma para mim é o máximo; é o páthos; a esfericidade das experiências sensórias e mentais; a globalização da existência; o macro e o microcosmo tornados familiares ou estranhos pelo ser no tempo. Esse trânsito imediato do familiar para o estranho e do estranho para o familiar é uma característica habilidade involuntária das grandes almas, da grande alma de Pedro Nava.

Meyerhoff expôs num livro crítico que o tempo é uma preocupação dominante na literatura, acentuadamente em nossos dias. Os seres humanos mais sérios sempre se empenham na busca do tempo perdido. Temos uma pátria no espaço, mas a que tempo pertencemos?

Nava forma lado a lado com os grandes inquisidores do tempo. É dentro desse nível turbilhonante da perplexidade humana que nos dá um livro de memórias típico, isto é, um livro muito alto que pode também ser lido pelos que se encontram embaixo, um livro metafísico que pode ser lido com delícia pelo leitor tapado aos violinos simbólicos. Pois nada é desimportante para Pedro Nava e aos outros loucos que insistem em transformar tempo em espaço; neles há alma-espaço para as abstrações do pensamento e as fascinações da bagatela; para o sublime e para o ridículo; para a arte e para o chulo; para o engraçado e para o terrível; para a doce jabuticaba e para o rude Benozzo Gozzoli; para a nostalgia da rua Haddock Lobo e para a sensação empedrada e glacial de que nada existe, nada existiu.

Nava e os outros memorialistas maiores são monstros de humanidade, são o espaço de todos os humanos.

O Gol é Necessário

Copa 1974

Em Ipanema: na missa marcada para uma hora antes do jogo do Brasil, o vigário começou a fazer sua prédica. Viu-se logo que gostava da própria voz e foi encompridando um sermão que todos desejavam breve. Os fiéis (e muitos só frequentam a igreja em dia de jogo do Brasil) remexiam-se, inquietos, nos bancos. Um senhor, sentado na primeira fila, passou a procurar no bolso alguma coisa e achou: um talão de cheques. Arrancou do mesmo uma ficha de depósito e, quando o padre olhou na sua direção, exibiu o cartão amarelo. O oficiante, em vez de agastar-se com o gesto profano, sorriu, comunicando, para alívio geral, que ninguém perderia a partida dos brasileiros com os argentinos.

Teria Darwin — do macaco ao *Homo sapiens* — definido o torcedor brasileiro? Sim, ele o fez nestas palavras: "As batidas do coração aceleram-se; o rosto fica avermelhado ou adquire uma palidez cadavérica; a respiração toma-se difícil; o peito infla; as narinas frementes dilatam-se. Muitas vezes, todo o corpo treme. Altera-se a voz; cerram-se os dentes ou rilham uns contra os outros, e o sistema muscular excita-se geralmente para algum ato violento, quase frenético... Os gestos representam com certa perfeição o ato de golpear ou de lutar contra um inimigo".

Bem, o cientista não descreveu nominalmente o torcedor brasileiro, mas o resultado foi o mesmo ao relatar os sintomas fisiológicos do furor — do *Homo sapiens* ao macaco. O torcedor nacional é um furioso.

Psicólogos indagam o motivo dessa excitação passional do futebol. Se fosse mera manifestação de agressividade, a multidão preferiria esportes bem mais violentos como o *rúgbi*, o pugilismo, o hóquei. Daí concluírem que o homem moderno está vidrado no futebol porque este é uma representação das numerosas dificuldades pelas quais temos de passar a fim de atingirmos um objetivo, a fim de marcarmos um gol.

O torcedor brasileiro é, antes de tudo, um fraco. Sofre exaustivamente os noventa minutos regulamentares e aproveita os quinze de intervalo para tomar um cordial e vituperar os erros táticos ou individuais que porventura estejam ocorrendo. Dividem-se em otimistas e pessimistas, mas é só da boca para fora que os primeiros proclamam confiança. Agem como se a falta de confiança conjurasse as forças ocultas que podem provocar a catástrofe.

Um caso típico: Gérson Sabino, morador de Belo Horizonte, possui possivelmente o mais vasto arquivo sobre o futebol brasileiro: nas prateleiras e na memória. Na Copa de 1966 ele chegou à Inglaterra, como sempre, sorrindo. *Barbada, meu irmão*. Um discreto torcedor não se contentou: queria saber por que o Brasil ganharia a Copa. Gérson Sabino pegou papel e lápis e demonstrou por *a* mais *bê* que o caneco já era nosso. Eliminado o Brasil, aquele discreto torcedor procurou o Gérson: "Você me enganou ou se enganou?". Respondeu o entendido: "Acontece apenas o seguinte: o otimista se engana tanto quanto o pessimista, mas nunca sofre por antecipação".

Mas não é regra geral. Na atual Copa, o pessimismo deu a tônica. Nos bares e nos lares nunca os sintomas de Darwin se estamparam com tanta intensidade. Nunca tantos sofreram tanto por tão poucos gols.

Um francês afirma, num livro sensacionalista (*Le Massacre des indiens*, Lucien Bodard), que a média dos colapsos fatais, só no Maracanã, é de dois torcedores por um gol. Essa estatística cara de pau não vigoraria alarmantemente no sistema de Zagallo, que, já vão dizendo, será o nosso ministro da Defesa na próxima reforma administrativa. Mas, sem dúvida, por gol ou falta de, alguns óbitos foram registrados, poucos por enfarte.

Um dos fenômenos sociais da Copa de 1974 é o livre trânsito do palavrão. Os homens acompanhados de senhoras e senhoritas ficam indiferentes — de fato indiferentes e não apenas disfarçados — quando o desconhecido ao lado solta o verbo. Quanto às próprias senhoras e senhoritas, quando não se contentam de assumir um ar de Mona Lisa, são elas mesmas que tomam a iniciativa e vão às do cabo, sem qualquer espanto dos presentes. Assim, o futebol, que já era o grande catalisador da alma nacional, não sofre mais a menor restrição social, funcionando como fator coletivo da catarse brasileira.

O anglo-brasileiro Charles Miller, levando duas bolas inglesas para São Paulo, no fim do século passado, não poderia imaginar que estava modificando ampla e profundamente o futuro de um povo. Como escreveu Alceu Amoroso Lima, o uísque britânico transformou-se na mais genuína cachaça nacional.

A história passional da torcida brasileira está vinculada à rivalidade entre cariocas e paulistas. O traço de união foi feito quando se descobriu o inimigo comum, o argentino ou o uruguaio. Foi em 1919 exatamente, quando se disputou no Rio o primeiro campeonato sul-americano no estádio do Fluminense Futebol Clube. O Brasil dera no Chile de seis a zero; na Argentina de três a um; empatou de dois a dois com o Uruguai. O desempate foi marcado para daí a três dias, com tantas prorrogações de meia hora quantas se fizessem necessárias. Findos os noventa minutos, zero a zero. Primeira prorrogação, zero a zero. Segunda prorrogação, zero a zero. Os jogadores caindo pelas tabelas, as apinhadas arquibancadas da rua Pinheiro Machado botando os ovos pioneiros do sofrimento nacional.

Com 153 (cento e cinquenta e três) minutos de disputa ardida, Friedenreich faz o gol da vitória. Nasceu também aí o carnaval comemorativo, carnaval mesmo, de acordo com os cronistas da época. Também naquela tarde suada nasceu o ídolo, Fried em primeiro lugar, acompanhado de Neco, Marcos, Píndaro, Amílcar e Fortes. Cantou-se e dançou-se em todo o Rio, contam os jornais antigos, improvisando-se uma cançoneta que exagerava a verdade histórica: "Nossos dianteiros fazem entrar/ tiros certeiros de assombrar". Assombro houve, mas tiro certeiro só um.

A colorida raça nacional levaria a corrente pra frente em 1925, quando um time brasileiro, o Paulistano, cruzou pela primeira vez o Atlântico, fazendo a Europa curvar- se perante o país da sobremesa. Na volta, os craques foram glorificados nos portos do Recife, Salvador, Rio, Santos, antes da apoteose paulistana. No Rio, o circunspecto presidente Artur Bernardes apertou as mãos de todos os heróis. O poder entrava em campo.

A multidão de 6 mil pessoas, "arrasadas da emoção paroxismada do futebol", conforme registrou João do Rio, virou 100 milhões em ação. O satélite dá aos nossos olhos um alcance de milhares de quilômetros; a emoção do futebol, experimentada pelos chineses há 2 mil anos, chegou à era eletrônica.

Até há poucos anos os europeus gostavam de gozar a paixão do torcedor sul-americano, sobretudo o brasileiro. Riam-se das nossas palhaçadas (tão demasiadamente humanas). Ironizavam nossos berros, nossa gesticulação cômica, nossas caras esgazeadas, nossas lágrimas, nossos carnavais de vitória, nossa palidez, nossos desmaios, nossos paroxismos frenéticos, nossos pugilismos campais e até uma *causa mortis* que inventamos: o morrer de gol.

Pois as coisas mudaram. Pouco a pouco o torcedor brasileiro vai transformando-se em modelo universal. A imprensa francesa — logo os comedidos franceses — já diagnosticou em Paris um novo tipo de demente: *fou du football*. Conta que a Copa do Mundo anda parando as ruas parisienses, aglutinando multidões diante de aparelhos de televisão colocados nas lojas.

Durante quase um mês, o futebol foi a paixão dos cartesianos franceses. Driblaram o emprego, driblaram as mulheres, driblaram as preocupações. Sabiam os nomes dos reservas australianos e usavam a terminologia dos treinadores para explicar por que o 4-2-4 está superado ou discutir nostalgicamente as qualidades de Puskás e Schiaffino. O jornalista Renaud Vincent conta que um torcedor, naquele momento em que Rivellino fez um gol, teve sua atenção interrompida por uma observação trivial da sogra: o palavrão jorrou em torrentes.

Por aí temos uma amostra de que, embora a nossa Seleção não volte com o título, o tresloucado torcedor brasileiro saiu vitorioso: impôs sua imagem aos povos que eram tidos por ajuizados e frios. Ou melhor, acabou revelando ao europeu o torcedor desvairado que havia nele. O mundo fica nos devendo esse favor.

POETA DO DIA: GARCÍA LORCA

De "Mariana Pineda"

Na tourada mais bonita
que se viu em Ronda, a velha.
Cinco touros de azeviche
com divisa verde e negra.
Eu pensava sempre em ti;
eu pensava: Se comigo
estivesse minha triste
amiga Marianita,
Marianita Pineda!
As moças vinham gritando

em caleças coloridas
com abaninhos redondos
bordados de lantejoulas.
Também os moços de Ronda
em cavalinhos faceiros,
os amplos chapéus cinzentos
colados nas sobrancelhas.
A praça com povaréu
(chapéus baixos, altos pentes)
girava como um zodíaco
de risos brancos e negros.
Quando o grande Caetano,
pisando em palhas de areia,
atravessou a arena
com traje cor de maçã
bordado de prata e seda,
destacando-se galhardo
entre os sujeitos de briga
frente os touros traiçoeiros
que cria a terra de Espanha,
parecia que a tarde
se botava mais morena.
Ah, se visses com que graça
se virava com as pernas!
Que grande equilíbrio o seu
com a capa e a muleta!
Melhor nem Pedro Romero
a tourear as estrelas!
Cinco touros matou; cinco,
com divisa verde e negra.
Na ponta de seu estoque
cinco flores pôs abertas

e a cada instante roçava
pelos focinhos das feras
como imensa borboleta
de ouro com asas vermelhas.
A praça, tal qual a tarde,
vibrava forte, violenta,
e entre o aroma do sangue
ia o aroma da serra.
Eu pensava sempre em ti;
eu pensava: Se comigo
estivesse minha triste
amiga Marianita,
Marianita Pineda!

BAR DO PONTO

Casa Mineira

A civilização mineira começa e acaba na casa, barraco de taipa, moderninho de vidro, celestial cobertura. As mais expressivas estâncias do ouvidor Gonzaga são paroquiais e domésticas. Emílio Moura, João Alphonsus, Cyro, Drummond, Otto, Nava reconstruíram a casa mineira com minúcias rebuscadas. E os artistas, mesmo os que se desamarraram do paisagismo acadêmico, estão sempre voltando à casa. E a casa de Guimarães Rosa? É o lar fora de nós, o lar que se procura, que se ama e se teme, a casa peregrina.

PIPIRIPAU

Nomes de Países Onde as Aves se Entendem

RONDINE

  SCHWALBE

    HIRONDELLE

SWALLOW

  ANDORINHA

    GOLONDRINA

GRAFITE

Chão de Estrelas

Este samba infinito, amor, o firmamento,
faz, sem querer, dançar teus pés melodiosos.
Ai de mim! que do céu espero os sóis morosos!
Pisa, entretanto, amor, os astros do momento!

SUPLEMENTO INFANTIL

Tríduo de Partido-Alto

Passarinho em Mangueira acorda cedo:
o meu se ia quando o seu caminho
virou de volta, atando o samba-enredo
do ontem no amanhã do mesmo ninho.

CORISCOS

Coriscos no Acaba Mundo

Tive consciência da minha velhice depois de passar por um vasto espelho sem me olhar.

*

Quem me apresentou ao gim-tônica foi o Menino Jesus. Íamos aí pelos dezessete anos. Depois de um ano e pouco de exercício tomei repulsa repentina ao nepentes. E meu amigo acabou crucificado.

*

17

Artigo Indefinido
JUAN RAMÓN E A VILA

O Gol é Necessário
BATE-PRONTO

Poeta do Dia
MONTALE: DESCANSO AO MEIO-DIA

Bar do Ponto
MOÇA BONITA

Pipiripau
O HERÓI

Grafite
ATENTO SOU

Suplemento Infantil
ORIENTAL

Coriscos
CORISCOS NO BAIRRO DOS FUNCIONÁRIOS

ARTIGO INDEFINIDO

Juan Ramón Jiménez e a Vila

Se o Prêmio Nobel deu notoriedade jornalística ao poeta, pouco ampliou o conhecimento de sua arte, mais ou menos invisível para quem não a tome no original; e é de se supor que todos os leitores de espanhol, leitores poéticos bem entendido, já se dessem bem com as finuras espirituais e artesanais de um dos mais esclarecidos artistas contemporâneos.

Todos os poetas são artistas, uns menos, outros mais, na medida em que sirvam poesia crua ou condimentada; mas em Juan Ramón Jiménez a intercomunicação poeta-artista já é por si um virtuosismo, um arabesco à parte. Hemingway disse que recebeu o Nobel quando já tocava a praia, depois de ter nadado muitas milhas. Nem essa sorte de atleta teve o frágil Jiménez: recebeu a coroa sueca no Gólgota, crucificado ao pé do leito da amada agonizante, sua querida mulher Zenobia, tradutora de Tagore. Foi numa clínica de San Juan de Porto Rico, em outubro de 1956, que o telegrama chegou às suas mãos. Para Zenobia, pode ter sido a última mensagem consciente; três dias depois, estava morta de câncer generalizado. A união perdurara quarenta anos; dois anos mais, e se ia também o prolífico poeta.

Se a poesia de JRJ é um jardim confuso, ou longínquo, para quem desconheça espanhol, Platero e eu, publicado no ano da Primeira Grande Guerra, foi imediato sucesso, traduzido em muitas línguas e sempre reeditado desde então. O timbre da prosa desse livro, conquanto poético, a par de sua fluidez sintática, perfeitamente traduzível, exprimia ainda, para o contemporâneo que começava a sepultar-se em cidades de cimento, o espaço e a coloração que perdera ao deixar a pequena comunidade. Platero e eu é a área humana que a urbanização moderna emparedou; ao edificar a cidade total, o homem perdeu sua sombra, sua alma. No livro de JRJ, a alma das coisas — das pessoas, dos animais, das plantas, das pedras, dos demônios — é restituída. A vila está longe de ser o paraíso perdido; mas é a alma perdida.

Essas moralidades não são do autor, que as detestava, mas podem ser as do leitor. "Sempre tive, Platero, desde pequeno, um horror instintivo ao apólogo, como também, à Igreja, à polícia, aos toureiros e à acordeona." (Valho-me da boa tradução, meio agauchada, de Athos Damasceno.) Se aos horrores confessos de Jiménez acrescentarmos a morte, já vemos que se trata de um espanhol singular.

Platero é um burro. Mas burro, para o autor, seu amigo, nada tem a ver "com a tentativa de definição do Dicionário da Academia Espanhola". Se os dicionários dissessem tudo, os bichos e os poetas seriam dispensáveis: "Tu tens o teu idioma e não o meu, assim como eu não tenho o da rosa, nem esta o do rouxinol. Nestas condições, não te arreceies de que algum dia, como possas ter calculado, vá eu transformar-te em herói-charlata de qualquer *fabulinha, misturando teu sonoro meio de expressão com o da raposa ou o do pintassilgo, para extrair afinal, em boa caligrafia, a moral fria e vã do apólogo".* Tirante *La Fontaine*, excluída a moral, Jiménez desprezava os demais fabulistas.

Há poetas que, de tão integrados à paisagem terrestre, ou de tão desirmanados da paisagem cósmica, nasceram para a beatitude dos burros, e se lamentam dessa frustração. Juan Ramón Jiménez em primeiro lugar; o francês Francis Jammes; o nosso Álvaro Moreyra, que deu a um burro em Porto Alegre a notícia da morte de Jammes. São eles, no sentido metaburro da palavra, poetas asnáticos, sólidos e evanescentes, feitos ao mesmo tempo de aço e luar. *"Platero é pequeno, peludo e macio — tão macio que parece não ter ossos e ser todo feito de algodão. Só os espelhos de azeviche de seus olhos são duros como dois escaravelhos de cristal negro [...]. Mas, por dentro, é rijo e áspero, como se fosse de pedra."*

Platero e eu *é um livrinho formado por 136 capítulos, capítulos que poderiam ser chamados de cromos, no bom sentido da palavra, caso essa palavra ainda consiga ter um bom sentido.*

Não conta a história de Platero, que não pode ter história, mas a história — cristalizada, encantada, no momento em que se olha — de Moguer, uma cidadezinha branca de Andaluzia.

Platero é a alma de Moguer e Moguer é a alma de Juan Ramón Jiménez.

Moguer é o berço, a alma e o túmulo de Platero-Jiménez. Ali pertinho, a seis quilômetros abaixo, no estuário dos rios Tinto e Odiel, fica Palos, de onde partiram os antigos conquistadores, *"ébrios de um sonho heroico e brutal"*. Ali, desembarcando de La Niña, *depois de ter materializado sua ambição lunática, Cristóvão Colombo, em março de 1493, foi rezar no convento de Santa Clara de Moguer; e aí Cortés, 35 anos mais tarde, de volta do México, deve ter pedido perdão por seus pecados imperiais.*

Hoje a cidade está morta.

Lembro-me de que, há alguns anos, ao ver na revista Life *uma bonita reportagem fotográfica sobre a vida de Juan Ramón Jiménez, espantou-me com desencanto que o poeta houvesse extraído essência lírica e perfumada de uma carcaça, vestindo de carne um esqueleto.*

Só bastante tempo depois encontrei em Jean Giono a explicação do que se passara no intermédio. Moguer morreu. Morreu matada, pioneira na história criminal da poluição. Depõe Giono: "As vinhas foram devoradas pela filoxera. O porto foi entulhado pelo aterro que a mina de cobre do rio Tinto lança no Tinto. Juncos, pernaltas, alcatrazes, voos de gaivotas, o grito melancólico dos patos, a agonia convulsiva de um grande peixe prisioneiro, que vai morrer e será devorado pelos pássaros antes do retorno da maré, o passo e o canto monótono de um aduaneiro que passeia nas ervas do cais onde ninguém mais pode ancorar, eis tudo o que resta do porto de Moguer. [...] A cidade tinha então duas ou três vezes mais habitantes; muitas casas estão vazias e vão-se desmoronando. [...] Sem mais vinho, nem porto, as pessoas partiram".

Moguer virou cidade fantasma, ou possessa. O escritor francês impressionou-se com seu silêncio em plena rua e em pleno dia; nem um ruído, nem mesmo na praça; se um jornal fosse desdobrado, seria um caso de Estado.

Moguer decerto não era um festival nos tempos de Platero; mas tinha água, limpa e cantarolante, água e alma. Bastando-nos o cuidado de não confundir alma com alegria (Joie de vivre, para Unamuno, era galicismo intraduzível e intolerável), sobretudo a alma andaluza, encontraremos na Moguer de Platero vários acontecimentos animados, absurdos e divertidos desenhos animados: borboletas brancas; um Judas que pode ser o prefeito ou o coletor; guerra de figos maduros; rosas que caem de todos os lados na hora do ângelus; andorinhas a contar às flores o que viram na África; a cocheira de cujo telheiro caem cristais de fogo; o menino pateta; a

menina que se fazia de fantasma e morreu carbonizada pelo raio; o
papagaio que repete ce n'est rien; a soteia de onde se vê a lâmina
das enxadas com relâmpagos de prata; o vigário que fala palavrões;
a primavera como um grande favo de luz; o algibe com o parapeito
de alabastro; o cãozinho sarnoso que o guarda matou; o arroio dos
choupos; os histriões andrajosos; as três velhinhas de babados e
lantejoulas; o pão que se pode comer até com pão; a acácia do pátio; a pequena tuberculosa; o poço mágico e perfumado; o toureiro
enxundioso de Huelva; a nuvem que bota um ovo de ouro; luminos-
sas tardes de outono moguerenho; a tartaruga grega achada no
atalho; Antônia das pernas bem torneadas; a escama de peixe
através da qual se vê a Padroeira dos Marinheiros; o rio já imprest-
ável às faluas e aos bergantins; a fonte que é tálamo-cantiga-
-realidade-alegria-morte; pinhões quentiiiinhos; o touro, senhor da
madrugada; o fogo ainda mais belo que a mulher nua; o burro velho, que vai morrer de frio; Teresa, que teve em sua agonia um delírio de flores; a vila em setembro cheirando a vinho e soando a cristal; o Carnaval; a melancolia que vira borboleta; o louco... O louco
era o próprio Don Juan Ramón Jiménez: "Todo de preto, a barba à
nazareno e meu pequeno chapéu negro, decerto apresento um aspecto estranho, cavalgando Platero, macio e cinza. Quando, indo
para os parreirais, passo pelas últimas ruas, brancas de cal e sol, os
ciganinhos, sujos e cabeludos, quase nus, em suas estrapilhadas
roupas verdes, encarnadas e amarelas, os bojudos ventres tostados,
correm atrás de nós gritando ruidosamente: — Olha o louco! Olha
o louco! Olha o louco!... Além, estende-se o campo, já verde. Diante do céu imenso e puro, de um anil ardente, meus olhos — tão
distantes dos meus ouvidos! — se abrem gravemente, recebendo em
toda a sua quietude, essa paz sem nome, essa serenidade divina e
harmoniosa que vive nos horizontes sem fim. E perdem-se, lá longe,
por detrás das eiras altas, os gritos agudos, agora entrecortados e
vagos, quase inaudíveis: — Olha o lou...co!".

Andavam ajuizadas até certo ponto aquelas crianças sujas: o egocentrismo, a solidão fantasista, os ataques poéticos frequentes de Don Juan Ramón deslocavam-no para os arredores do que chamamos loucura. Nisso se parece bastante com o inglês D. H. Lawrence, próximo dos bichos e das flores, distante dos homens.

Jean Giono, meio perdido em geral, toca no timbre da questão ao referir-se à qualidade dos fantasmas que encontrou em Moguer e em todos os livros de Jiménez. Tanto na cidade como na poesia desse andaluz, "os seres não são jamais o que parecem ser. Uma dona de casa não é uma dona de casa, o carteiro não é um carteiro, o sujeito que nos serve uma cerveja não é o sujeito que nos serve uma cerveja...". Todo o Platero e eu, diz Giono com muito faro gaulês, está escrito nesta tonalidade: Os personagens ambíguos abundam, os sentimentos comungam-se sob duas espécies. Nada é estável. Nem os cães mortos, nem os cães vivos, nem as cisternas (que se comunicam entre si como os porões), nem o amor humano, nem o mês de abril, nem as crianças... E se esse burro não fosse um burro?, pergunta Jiménez para Platero, diante de uma aparição que pode ser o demônio. Nessa busca, nessa negação do que foi encontrado, ambas incessantes, nessa impermanência de identidade dos seres, estão a loucura e a poesia de Juan Ramón Jiménez.

Só os loucos não são chamados de loucos em Moguer, verificou o autor francês; que era também louco, por ter espiado por cima do muro; o comandante dos aduaneiros (sargento) era louco porque fazia seu grupo manejar armas às três horas da manhã na praça da igreja; mas o infeliz que mergulhava de cabeça na calçada era chamado de don; a coitada que levantava a saia até a cabeça era tratada de señora. Para Giono, Platero é um livro espanhol até o fundo da alma, onde o real e o irreal se completam, onde o que se quer dizer jamais é dito, onde a expressão é apenas um capcioso levantar de poeira sobre os abismos. Lembra bastante as vilas velhas de Minas, ai! Minas Gerais! A alma de Platero-Moguer-Jiménez, o símbolo das almas todas mencionadas no livro, a alma das almas, é o pinheiro da montanha: "Onde quer que eu pare, Platero, parece-me que paro sob o pinheiro da montanha. Aonde quer que eu chegue — cidade, amor, glória —, parece que chego à sua plenitude ampla e verde, sob o vasto céu azul, de nuvens brancas. Ele é o farol, grande e luminoso, nos mares difíceis do meu sonho, como o é também dos marinheiros de Moguer, nas tempestades da barra — fim seguro dos meus dias ásperos, no topo da encosta escura e abrupta, por onde seguem os mendigos, a caminho de Sanlúcar. Como me sinto forte, sempre que repouso à sombra de suas recordações. [...] A palavra magnífico lhe assenta bem como ao mar, ao céu, ou ao meu coração. Também este pinheiro tem o dom de transmudar-se, nos instantes em que há coisas que se veem como em uma outra dimensão e à margem do real, em uma visão de eternidade". É bem isso: JRJ é um visionário, um louco que elucidou suas visões através da arte, um burro impenetrável à racionalização do luar real.

Na literatura espanhola, Jiménez, como o bom Antonio Machado, pertence à chamada geração de 1898, ano em que a Espanha perde Cuba, Porto Rico e Filipinas, restos do império. Nenhum estremecimento político poderia alterar esse artista esquizoide, obcecado e puro. Desprezava a arte que se pretendia engajada a nacionalismos ou reformas político-sociais; arte popular era degradação; arte para o grande número era bobagem.

Poeta da música, da mulher, do firmamento, da água, da flor, Li Po dos vales de Andaluzia, a poesia é o instrumento e o tema de JRJ; seus símbolos, imediatos, recorrentes, insistentes, só por um milagre — musical — de virtuosismo não se tornam monótonos, assim como das sete notas o compositor parte para a reformulação infinita da melodia. Tudo é a mesma coisa ou tudo é sempre novo — dependendo só dos olhos, dos ouvidos, das mãos do artista. O resto é som e fúria. Poesia ornamental nos primeiros livros, influenciados pela

*flauta doce de Rubén Darío, mas de ornatos habilmente estrutura-
dos a uma inteligência menos borbulhante, ele chegaria a uma arte
desnuda.* Antes: "Pelo balcão aberto a brumas estreladas,/ chegava
um vento triste de mundos invisíveis,/ ela me perguntava de coisas
ignoradas/ e eu lhe respondia de coisas impossíveis".

Depois: "Muros altos de teu corpo./ Não havia entrada em
teu horto./ (Que ondas de asas ascendia!/ Oh o que ali se passaria!)/ Céu claro ou turvo, que importa?/ Não havia entrada em tua
glória./ (Que aroma às vezes subia!/ Oh em teus vergéis que haveria?)/ Tornaste a ficar fechada./ Não havia em tua alma entrada!".

*Manuel Bandeira traduziu esse e vários outros poemas da
fase desnuda de Jiménez, ou branca; nascido no mesmo ano de
Picasso (1881), também no poeta podemos distinguir fases coloridas. Numa delas — a verde — García Lorca apanhou, no voo, o
balanço e a adjetivação do* Romanero Gitano. *Em carta a Lorca,
Rafael Alberti reconhece a dívida geral da nova geração: foi no
romance lírico, inefável e musical de Jiménez que todos eles
aprenderam.*

*De Manuel Bandeira também é a tradução deste canto (bem
bandeiriano) de resignação:* "O que quiserdes, Senhor,/ E seja o
que bem queirais./ Se quiserdes que entre as rosas/ Eu ria até os
matinais/ Deslumbramentos da vida,/ Que seja o que bem queirais./ Se quiserdes que entre as rosas/ Eu sangre até as abismais/
Sombras, ai! da noite eterna,/ Que seja o que bem queirais./ Graças se quereis que eu veja,/ E graças se me cegais;/ Graças por tudo
e por nada,/ E seja o que bem queirais./ O que quiserdes, Senhor,/ /
E seja o que bem queirais".

*A canção acima é rara na lírica juan-ramonista: a água corre
perto de nossa alma, e é a tragédia cordial da fugacidade que soa
em toda a obra do poeta:* "Amigo, é o meu jardim com flores o que
choro". *Talhou Antero de Quental num soneto famoso:* "Conheci a
beleza que não morre e fiquei triste". *Essas palavras podem valer*

por uma visão em profundidade dentro do poço de melancolia contemplativa que foi o olhar de Jiménez para este mundo.

Mas possuía como todos os poetas (todos? quase todos?) suas reservas de humor. A chispa humorística, bastante vulgar, luziu na poesia do Diário de um poeta recém-casado. Um só exemplo: ao saber de uns versinhos, correntes em Nova York, de sátira a Boston, onde os Cabot só falam aos Lowell, e estes só falam com Deus, observa Jiménez: "Conheci bastante um Cabot. Como devem chatear- se os Lowell. Li A fonte de Lowell. Como Deus deve estar se chateando".

Pessoalmente, conta Alberti, a par das crises de misantropia, o poeta lírico partia de bom grado para a desabrida gozação de colegas. Sustentava que o escritor, por modesta que fosse sua vida, podia ser conhecido pela casa. Rompeu com Pérez de Ayala quando do este lhe mostrou um quarto com chouriços e linguiças pendurados do teto. Zombou a valer de Ortega y Gasset, tirando ilações sobre o estilo do grã-fino intelectual, ao descobrir na casa dele um pesa-papéis de bronze, representando Dom Quixote na cena dos moinhos, e até com um Sancho aos gritos!

Mais uma inesperada contracorrente a favor da tese de Giono, segundo a qual os seres de Jiménez não são o que parecem.

De resto, o próprio Juan Ramón não nos deixa dúvidas (ou só nos deixa dúvidas): Eu não sou eu, diz ele, antecipando o tudo o que sou não sou de um soneto espiritual de Stephen Spender.

O Diário de um poeta recém-casado *traz por epígrafe um texto em sânscrito. Nele está contida a única resignação ou consolação ou revolta ou sabedoria ou filosofia ou religião ou ilusão a que chegou o extremado poeta. Reza nestes termos: "Cuida bem deste dia! Este dia é a vida, a essência mesma da vida. Em seu leve transcurso se encerram todas as variedades de tua existência: o gozo de crescer, a glória da ação e o esplendor da beleza. O dia de ontem é apenas um sonho e o de amanhã é apenas uma visão. Mas um hoje bem* empregado faz de cada ontem um sonho de felicidade e de cada amanhã uma visão de esperança. Cuida bem, pois, deste dia!".

Um texto à feição de Tagore, a insinuar que os grandes e honestos burros às vezes se fazem humanos poetas, e podem perfeitamente ganhar academias e prêmios.

Afortunadamente, para o burro Jiménez cuidar do dia era cuidar da poesia. O resto é sânscrito, é Tagore, é chato. Às vezes Platero e eu roça por Tagore, mas, afortunadamente, Juan Ramón Jiménez é mais forte, e por pouco tempo esteve recém-casado.

Colhi-te? Não sei
Se te colhi, pluma suavíssima,
Ou se colhi tua sombra.

Sombra de quem talvez tenha sido o mais lírico da Lírica de Espanha, desde a aculturação romana ao ano ecumênico de 1975.

O GOL É NECESSÁRIO

Bate-Pronto

Ed Sá cita uma frase insuperável do anedotário futebolístico. Eu a sei de cor, mais longa, nestes termos do locutor: "*Adentra o tapete verde o facultativo esmeraldino a fim de pensar a contusão do filho do Divino Mestre, mola propulsora do eleven periquito*".

Conta-se que um americano, depois de graduar-se em língua portuguesa na Universidade da Flórida, veio ao Brasil em viagem de aperfeiçoamento. Para familiarizar-se com a linguagem coloquial, dedicou-se a ouvir transmissões esportivas e por acaso foi contemplado com aquela frase. Ficou de cuca fundida durante três dias, vasculhando compêndios, até que um brasileiro lhe forneceu o seguinte glossário: *tapete verde* — campo; *faculta- tivo esmeraldino* — médico do Palmeiras; *filho do Divino Mestre* — Ademir da Guia, filho do veterano Domingos da Guia; *mola propulsora* — jogador de meio de campo; *eleven periquito* — qua- dro do Palmeiras.

POETA DO DIA: EUGENIO MONTALE

Descanso ao Meio-Dia

Sol alto, descansar, pálido, absorto,
junto ao muro em ruínas de algum horto,
ouvir entre os espinhos incidentes
de melros, estalidos de serpentes.
Pelas gretas do chão, na trepadeira,
espiar as formigas peregrinas
que se dispersam ou se vão cruzando
nas encostas de mínimas colinas.
Quando de cimos altos se sentir
as trêmulas cigarras a zinir,
entre as folhagens, perceber o mar
escamoso, ao longe, a latejar.
E caminhando ao sol que nos navalha,
sentir, com nosso triste alumbramento,
como é toda existência e sua estafa,
neste prosseguimento, uma muralha
que tem em cima cacos de garrafa.

BAR DO PONTO

Moça Bonita

Naqueles longes, moça bonita era como jabuticaba temporona, todo mundo dava em cima. Pra casar. Raro o município que tinha de fato mais de duas moças bonitas. E elas se casavam depressa. Hoje é isto aí. Moças lindas aos magotes assustam Minas Gerais, louras, morenas, mulatas, descontraídas, inscientes do longo e carregado blá-blá-blá de reprovação que a mudança dos costumes (e dos padrões estéticos) foi provocando na família mineira. Fábricas, piscinas, clubes, rodovias, aeroportos, imprensa, televisão fizeram a nova mineira. Só uma palavra a distingue das outras moças do nosso Brasil pra-frente, uai.

PIPIRIPAU

O Herói

No Mar do Sul de Deus se fez descrente.
No Mar do Norte viu que Deus existe.
O sentimento não o fez contente.
O entendimento só o pôs mais triste.
Depois virou um velho indiferente.
Não sai mais da gaiola. E come alpiste.

GRAFITE

Atento Sou

A Fernando Pessoa, que escreveu, em preto e branco, "Tabacaria".
A Shelley, que saiu nu e sem Deus.
A Li Po, bêbado lírico elementar.
A Dante, supremo redator.
A Shakespeare, poeta do povo.
A Bernanos, roído pelo tédio da paróquia.
A Morgenstern, que viu o objeto desgarrado do sujeito.
A Rimbaud, com aquela cara de porcelana irada.

SUPLEMENTO INFANTIL

Oriental

Nos olhos do lobo
a poeira levantada pelas ovelhas é um bálsamo de rosas.

Coriscos no Bairro dos Funcionários

— Para despir as mulheres é preciso vesti-las.
— Que vulgaridade!

*

Marketing: Cristo foi vendido por 29 dinheiros e 90!

*

— Menos e mais na matemática... Sístole e diástole na fisiologia... Concentração e expansão na física... Clássico e romântico nas artes... *Animus* e *anima* na psicologia... Apolo e Dioniso na antropologia... Estás percebendo?
— Estou... É isto aí: o jeito é alternares o teu neurótico sóbrio com o teu neurótico de porre.

*

Toda filosofia é barata: do preço de tabela do *fatum*.

*

Sei que é bobo chorar um morto e sei que é bobo saber que é bobo chorar um morto.

*

Executados os exercícios da dor, os ofícios humanos se arrastam numa gelatina desculpavelmente ridícula.

18

Artigo Indefinido
UM POETA-FAZENDEIRO

O Gol é Necessário
ACIDENTE EM BELÔ

Poeta do Dia
STORNI: DOR

Bar do Ponto
QUÁ!

Pipiripau
VIVE LE ROI!

Grafite
PROVÉRBIO DO PURGATÓRIO

Suplemento Infantil
HAICAI

Coriscos
CORISCOS NA FLORESTA

Artigo Indefinido

Um Poeta-Fazendeiro

O poeta americano Robert Frost faria cem anos no dia 26 de março. Tive a graça de conhecê-lo no Hotel Copacabana com um sorriso campestre nos lábios e um copo de uísque na mão. Irradiava uma bondade azulada, ao contrário de Bernanos, que botava pelos olhos iracundos chispas verdes. Aproximo os dois ao acaso, mas me lembrando de que ambos estrearam em livro depois de sorvidos todos os amargos, aos quarenta anos de idade.

Frost, que nunca se candidatou a láureas, foi coroado pelas universidades e conquistou quatro vezes o Prêmio Pulitzer. Nasceu numa San Francisco ainda muito faroeste, mas retornou à região de seus ancestrais ainda criança; a ambiguidade é a matéria-prima do impulso poético e também nesse sentido a Nova Inglaterra era fecunda.

Leu Poe, Emerson, Defoe e Thoreau; foi menino de indústria, professor, fazendeiro; casou cedo com uma colega de colégio. Não foi para plantar poesia que os Frosts emigraram da Escócia, e desentendeu-se com os parentes, menos com a mãe, que amava os versos.

Durante vinte anos seus poemas ficaram praticamente inéditos. Os escritores ingleses costumavam fugir para a Itália e os escritores americanos costumavam fugir para a Inglaterra. Frost fez o mesmo. Seu primeiro livro, A Boy's Will (de um verso de Longfellow), foi publicado em Londres quando Wilson era candidato à Presidência americana. O segundo saiu logo no ano seguinte, impressionando a crítica inglesa pela ausência de retórica e pela presença de invulgar capacidade de observação dos fatos; essa virtude, que é indispensável ao romancista e o inclina a uma certa modéstia de pesquisador de câncer, não é comum no poeta, que vai distraído pelo mundo a envergar o próprio talento.

Voltando aos Estados Unidos durante o primeiro ano da Grande Guerra, Frost, ungido pelos poetas georgianos do Soho, pôde então começar a fazer milagres em sua pátria. Vira best-seller e honoris causa, fatura seu dinheirinho e vai transformando poesia em terra, assim como já transformara terra em poesia. Chegou a possuir cinco fazendas em Vermont. Passa a ter influência. Sua alma mater no entanto continua sendo a terra, a terra que possui o homem ao mesmo tempo que é possuída. Existiram muitos poetas fazendeiros; a diferença é que os poemas de Frost eram também um produto do campo. Foi poeta sazonal, de olho esperto para as mudanças de tempo. Um de seus poemas mais belos conta a história de um sitiante que bota fogo na própria casa, recebe o dinheiro do seguro e compra um bom telescópio. Esse lavrador-poeta transfere diretamente para o firmamento seu campo de atenção; queima as etapas; é no céu que se talham as coisas da terra, e das mutações estelares dependem o grão, o gado, o homem.

Os temas de Frost são concretos: pilha de lenha, monte de neve, tufo de flores, cemitério, uvas, assombrações, medo, bétulas, muro, montanha, vento, grevista, vagabundos, caseira, água, canoa, dunas, cavalo, passarinho, inseto, moenda... praticamente os mesmos que Pablo Neruda viria a pintar, com igual fervor sacralizante, nas odes elementares.

Realista com reserva de livre exame, preferia chamar a si mesmo, meio brincando, um sinedoquista; sinédoque é a figura de gramática na qual usamos a parte pelo todo.

Seus poemas são de dois tipos: canções líricas rimadas e mais ou menos subjetivas; baladas dramáticas, sem o balanço normal da balada, poemas mais ou menos longos, com monólogos ou diálogos, verdadeiros contos em versos brancos. Não há na literatura brasileira exemplos que se assemelhem a este segundo tipo, a não ser talvez, muito de longe, uns poucos poemas narrativos de Mário de Andrade ("Tostão de chuva"), de Carlos Drummond ("Caso do vestido"), de Manuel Bandeira ("O lenhador e a morte"). Podem ainda ser associados até certo ponto às estórias de Guimarães Rosa.

Fino ouvido para a expressão oral, transpôs para a linguagem escrita, com um mínimo de artifícios, a fala expressiva do contador de casos que todos nós conhecemos.

Para ele o poema começava com um nó na garganta e se completava quando a emoção encontrava o pensamento e o pensamento encontrava as palavras. Poesia aparentemente circunstancial, amparava-a sua intimidade com os assuntos e uma acurada observação (auditiva, visual e emocional) da gente e das coisas do campo. Deliberadamente escolheu o leitor comum e foi correspondido; e, como sua simplicidade no fundo era uma complexidade, o leitor sofisticado também acorreu.

De saúde instável, sem perspectiva profissional na juventude, como o nosso Manuel, Frost viveu uma longa vida. Teve a filosofia *existencial da terra, considerando um pecado prestar demasiada atenção nos imponderáveis, dentro e fora da natureza, Politicamente, disse ter sido um liberal, que preferiu não ser um radical na mocidade, por temor de tornar-se um conservador na velhice. Viu no homem o bicho da terra tão pequeno — e gostava de bichos. Desconfiava da industrialização (do homem) e repudiava a departamentalização das comunidades: "Os homens trabalham unidos, quer trabalhem desunidos ou reunidos".*

Nenhuma afetação nesse constante enamorado de gregos e romanos. Seus poemas sobem ao nível de parábolas e alegorias, sem dicas filosofantes, deixando ao leitor a liberdade de captar o que se contou mas não se disse.

O mais importante crítico americano — Edmund Wilson, amigo de Scott Fitzgerald —, apesar de reconhecer a sensibilidade poética de Frost, achava seus poemas enfadonhos, e pobres os seus versos. Mas isso foi em 1926, quando a excitação urbana eletrizava os neurônios dos intelectuais americanos e prenunciava, como no trem fantasma, ilusórios mundos e fundos à disponibilidade emocional dos artistas. Ao dizer que amava as coisas pelo que elas eram, Frost não podia ter audiência nas crazy-parties: *Gatsby só podia amar as coisas pelo que elas não eram. Frost foi uma força/ fraqueza da natureza: chovia, nevava, estiolava, primaverizava.*

O GOL É NECESSÁRIO

Acidente em Belô

O caso do Atlético Mineiro, que teve o jogador Campos (nenhum parentesco) suspenso por uso de estimulante, apresenta, segundo um bom informante meu, os seguintes dados principais: a CBD recomenda que os exames do gênero se façam em faculdades de ciências biomédicas; o exame em questão foi feito em laboratório particular, mas este teve o cuidado de esclarecer no laudo que a análise revelou a presença de um sinal ocorrente tanto em estimulantes proibidos como em certos analgésicos comuns (o radical químico é o mesmo); Campos havia extraído dois dentes; a grande negligência foi o clube ter declarado que o atleta não tomara medicamento algum. Até aí a confusão é normal. Mas o melhor (ou pior) da novela é o meu capítulo: um médico atleticano, muito conhecido aliás, procurou outro dia o dr. Murad, professor de bioquímica, proclamando, excitado, que descobrira a raiz do erro. Simplesmente isto: Campos não tomara uma droga contendo efedrina! Campos comera beterraba no dia do jogo! — Como o professor não atinasse com o raciocínio, veio do colega esta tremenda explicação: o nome da beterraba é *Beta vulgaris*! E a efedrina é um alcaloide extraído da *Ephedra vulgaris* — para espanto do médico, o farmacologista continuava na mesma. Então o herói explodiu: "Todos os dois são *vulgaris*, a beterraba e a efedrina! O radical é o mesmo, mestre!". — O mestre serviu para dissuadir o facultativo a não revelar essa descoberta científica para mais ninguém.

Poeta do Dia: Alfonsina Storni

Dor

Queria esta tarde divina de outubro
passear nas orlas distantes do mar;

areias douradas e as águas tão verdes
e os mais puros céus me vissem a passar.

Ser alta, soberba, perfeita, quisera,
como uma romana, para concordar

com as grandes ondas e penhascos mortos
e as praias imensas que cingem o mar.

Com passadas lentas, e os meus olhos frios
e os meus lábios mudos deixar-me levar:

ver como se quebram as ondas azuis
de encontro ao granito sem pestanejar;

olhar como as aves rapaces devoram
os peixes pequenos e não suspirar;

pensar que bem podem os barcos mais frágeis
sumirem nas águas e não despertar;

notar que vem vindo, garganta liberta,
o homem mais belo: não querer amar...

Perder meu olhar, ah, distraidamente,
perdê-lo de todo, sem mais o encontrar;

e, figura erguida entre a praia e o céu,
sentir-me o olvido perene do mar.

BAR DO PONTO

Quá!

Ouro Preto chiou mais do que gato com fome quando se começou a falar na mudança da capital. Pois mire e veja: a Ouro Preto de anteontem ainda está aí mesmo pra quem quiser, e a Belô de ontem já foi demolida e reconstruída. Ouro Preto é uma dama viva; Belo Horizonte é uma infanta defunta.

PIPIRIPAU

Vive le Roi!

Luís era menino e caiu doente de sarampo.

Seu irmão mais velho também adoeceu de sarampo.

Os médicos, pra não perderem tempo, deram atenção a um só: o primogênito.

Que, bem tratado, morreu.

E aí o menino Luís (xv) não morreu.

GRAFITE

Provérbio do Purgatório

A aranha,
também ela prisioneira da teia,
ama o seu calabouço,
sempre pressurosa a refazê-lo,
inelutavelmente.

SUPLEMENTO INFANTIL

Haicai

Pobre
apanha
até da mãe

CORISCOS

Coriscos na Floresta

Escravos pelo terror, só reinamos pelo terror.

*

Abaixo da minha gana graciosa pela justiça, minha desesperançada e doce indiferença.

*

A aspiração precoce a uma velhice respeitável foi uma constante de todos os muros honrados que vi nascer e viver.

19

Artigo Indefinido
FESTIVAL DA CANÇÃO

O Gol é Necessário
POK-TAI-POK

Poeta do Dia
SPENDER: PESQUISA ESPIRITUAL

Bar do Ponto
BRASIL AVENIDA

Pipiripau
BLUES

Grafite
BLEU BLANC ROUGE

Suplemento Infantil
BANDEIRA 2

Coriscos
CORISCOS NO BAIRRO DOS FUNCIONÁRIOS

ARTIGO INDEFINIDO

Festival da Canção

Nossa linguagem e literatura começam por um animado festival da canção, um festival que se prolonga por três séculos de cantigas trovadorescas, com brilho mais intenso no XII e no XIV. O idioma era o galaico-português, manejado pelos poetas medievais da península com uma flexibilidade e uma sobriedade que continuam espantando. Os letristas de nossa música popular andam em geral tão encaroçados e sem rumo, que eu lhes receitaria uma viagem às fontes dos cantares de amigo, de amor, de maldizer e de escárnio. O motivo das canções quase sempre, hoje e ontem, é a dor de Menelau ou dor do amor ausente; mas ontem os poetas do povo conheciam as tramas de gay saber, e hoje é como se a língua, em vez de criada, fosse empastelada e atirada à rua.

O rei era d. Dinis. Um rei que possuía, segundo Francisco

Luís Bernárdez, o verdadeiro conhecimento do gosto popular. Traduzo (esta como as outras peças) na viração do momento, sem compromisso, uma cantiga real:

Amigos, eu quis bem e hei de querer
a mulher que me quis mal e que mal
há de querer, mas não direi eu qual
mulher; dizer somente vos direi:
eu quis e hei de querer uma mulher,
que mal me quis e mal há de querer.

Quis e quero e sempre hei de querer
a quem mal me quis, quer e há de
querer, porém ninguém por mim
há de saber quem é;
mas uma coisa vos direi:
eu quis e hei de querer uma mulher.
que mal me quis e mal há de querer.

Eu quis e quero e bem hei de querer
a quem me quis e quer, de boa-fé,
tão mal, e há de querer;
mas não direi quem é;
apenas vos digo e vos direi:
eu quis e hei de querer uma mulher
que mal me quis e mal há de querer.

Caí na tentação de traduzir o famoso "Ay flores! ay flores do ver de pyno", mas sinto vergonha de publicar o pecado. Vejamos este cantar de amor de Mem Rodriques Tenoyro, do século XIII: "Senhora bela, se aqui,/ mesmo ao vê-la sofro tanto,/ diga pelo nome santo/ de Deus que será de mim/ quando me apartar agora,/

de você bela senhora./ E se tanta dor me dá/ seu amor quando eu a vejo/ satisfaça meu desejo:/ diga de mim que será/ quando me apartar agora/ de você, bela senhora".

Martin Codax ("*Chantre del mar*") é mestre do cantar de amigo, no qual o poeta interpreta sempre o sentimento da mulher: "Ondas do mar de Vigo,/ haveis visto meu amigo?/ Deus meu, será que vem logo?/ Ondas do mar alçado,/ haveis visto meu amado?/ Deus meu, será que vem logo?".

A insônia amorosa não tinha tranquilizantes; e Juyão Bolseyro de certo modo antecipa os tempos bergsonianos: "Estas noites tão compridas/ que Deus fez em grave dia/ para mim, pois não as durmo,/ por que Deus não as fazia/ no tempo em que meu amigo/ costumava estar comigo? [...] Por que Deus as fez tão grandes,/ desiguais e desmedidas/ e dormi-las não consigo,/ por que não as fez parecidas/ no tempo em que meu amigo/ costumava estar comigo?".

Peito também não tenho para verter "Levad'amigos, que dormides as manhanas frias", de Torneol, poeta e soldado. Mas tento dar um jeito nesta pastorela de Johan Ayres de Santiago: "Vi na mata de Crexente/ uma pastora a andar/ distanciada da gente/ e com a alta voz cantar,/ apertando-se na saia/ quando se rompia a raia/ do sol à beira do mar./ E as aves que voavam/ quando irrompia o albor/ todas de amores cantavam/ pelas ramas em redor,/ sem que uma só houvesse/ que fosse cuidar ou pudesse/ de outra coisa, só de amor./ Aí estive mui quedo,/ quis falar mas não ousei;/ porém lhe disse com medo:/ Senhora, falar-vos-ei/ um pouco se me escutais,/ porém se vós o mandais/ aqui não mais estarei./ — Senhor, por Santa Maria,/ ide daqui, por meus ais;/ prosseguindo vossa via/ me fareis grande favor,/ pois se alguém aqui chegasse/ e convosco me encontrasse/ ia dizer que houve mais".

O espaço é curto e a Idade Média é grande. Uma estrofe de Payo de Cana celebra o perene desencontro: "Veja a grande desmesura,/ amiga, do meu amigo:/ não veio falar comigo/ e não quis *minha ventura/ que estivesse aqui no dia/ que marcou quando partia".*

Tudo de uma santa simplicidade, mas feito de mão lírica e leve: "Dizia a moça bonita: como estou de amor ferida!" (Ayras Veaz). "Mandou pandeiros tanger e não lhe davam prazer." (Martin de Ginzo) "Fiz ir meu amigo a Santa Maria e lá não estive com ele esse dia." (Pero de Veer) "Mãe, ai, nunca mal sentiu, nem soube que era pesar, quem seu amigo não viu como eu vi o meu falar com outra..." (Bolseyro) "Se não me manda recado, por Deus que seja buscado." (Payo Calvo) "Uma moça enamorada cantava um cantar de amor." (Lourenço) "Minha mãe louvada: eu vou à bailada do amor." (Codax) "Pelas verdes ervas vi pastar as cervas, meu amigo." (Pero Meogo) "Estava na ermida de São Simão, e cercaram-me as ondas, que grandes são, esperando meu amigo." (Mendinho) "Não me dão os amores paz." (Lopo) "Bailava corpo delgado, que nunca tivera amado. Tenho amor" (Codax).

Foi um ilustre festival de trovadores, mais pra-frente, segundo os eruditos, que o da Provença, onde foi inventado. Começou a descambar no século XV, quando os trovadores passaram a ser poetas palacianos.

O GOL É NECESSÁRIO

Pok-Tai-Pok

No México, na abertura dos jogos, os sacerdotes carregavam a imagem do deus da bola de borracha, convictos de que ganhar ou perder o jogo era a felicidade ou a desgraça. Estamos falando do México pré-colombiano.

O jogo da bola possuía significação cósmica: o campo simbolizava o céu noturno, a partida representava o antagonismo entre a luz e a treva, a vitória ou a derrota do sol. Os jogadores, segundo o capitão Gonzalo Oviedo, eram dez, ou mais, de cada lado. Esse mesmo espanhol, dos meados do século XVII, admira-se da elasticidade da bola indígena, muito mais viva do que a bola cristã, feita de bexiga inflada. O gol era um anel de pedra entalhada.

A existência de firulas antes de Colombo exige o crédito da transcrição literal: "Os índios não jogam a bola com a mão ou com o punho; recebem a bola no ombro, cotovelo, cabeça, pé e muita vez nos quadris, e a devolvem com muita graça e agilidade".

No México, o futebol pré-colombiano chamava-se *tlachtli*; *batey*, entre os aruaques das Grandes Antilhas; e os maias deram-lhe um nome comunicativo, já sugerindo o *association*, o passe de primeira, a tabelinha: *pok-tai-pok*.

O jogo da bola parece ser também antiquíssimo no Pará e no Amazonas. Quem me dá essa ciência toda é Cássio Fonseca, homem de cultura elástica (vale o duplo sentido).

O dia em que me fizerem técnico do Botafogo, darei uma só instrução aos jogadores: futebol, meus amigos, é simplesmente *pok-tai-pok*.

POETA DO DIA: STEPHEN SPENDER

Pesquisa Espiritual

Sou essa testemunha pela qual
tudo sabe existir. No sangue ardente,

a sussurrar no sono, flui torrente
de astros, lutas e o polo glacial.
Sou o que não sou. O penhasco mudo
dá-me um anjo. Cavalgam nos rastros
das lendas raciais meus sonhos. Astros
roçam-me as costas. Sou só, sendo tudo.
Eu, que digo chamar este olhar Eu,
espelho onde as coisas irão ver
apenas a si mesmas, vou morrer.
As coisas, a visão, irão viver.
Mentem os astros neste olhar, o meu.
O que passa, perdendo-se, sou eu.

BAR DO PONTO

Brasil Avenida

Engarrafado na avenida Brasil, ocorreu-me a bestialidade do cálculo. O Brasil tem 8,5 milhões de quilômetros quadrados. Pois muito que bem. Pela avenida Brasil do Rio passam de ida e de volta: todo o fluxo do eixo socioeconômico do país; todo o tráfego do Sul, do Norte, do Nordeste, do Oeste, da capital federal. Naquela rua, com três pistas em cada sentido, situam-se ou dela dependem: 1) o Grande Rio em geral; 2) o turismo e o lazer da serra e das praias fluminenses; 3) a mão de obra das cidades-dormitórios; 4) a Zona Sul quando vai à ZN e esta quando vai à Zona Sul; 5) a ponte Rio-Niterói; 6) os centros comercial e administrativo do Rio; 7) o maior estádio de futebol do mundo; 8) um dos grandes ginásios esportivos do mundo; 9) o cais do porto; 10) os grandes armazéns e depósitos cariocas; 11) o aeroporto internacional do Galeão e as instalações da aviação militar; 12) o parque industrial do Rio; 13) o grande mercado para revendedores; 14) o maior supermercado do Rio; 15) o pavilhão de exposições industriais; 16) diversas unidades militares; 17) hospitais de grande porte; 18) a população da Ilha do Governador; 19) nosso maior conjunto petroquímico; 20) a Fábrica Nacional de Motores; 21) a refinaria de Manguinhos; 22) numerosas oficinas mecânicas; 23) instalações siderúrgicas; 24) frigoríficos; 25) transportadoras de carga pesada; 26) a Universidade Federal do Rio; 27) ...

Depois desse *aide-mémoire*, ficar apenas engarrafado na Brasil pode ser até um consolo. Mas, se uma rua semelhante existisse num país sem espaço, das dimensões de Portugal, os nossos patrícios chegariam de Lisboa a contar a última do português.

PIPIRIPAU

Blues

Tu és degenerada, Mariana,
mas tens uma intimidade de bicho de casa!
Vou comprar um elefante pro seu toucador,
umas camélias vidradas, um perfume lindo!
Deus é grande, Mariana! Vou buscar
pra comparar duas pombas brancas com vossos peitos pretos!
Mariana, Mariana,
a brisa balança o pendão da esperança!
Que palmas! que noites almas
nas fábulas vorazes do teu sertão!

Ah, não vamos mais brincar de 22,
que os críticos não gostam
e o Santo Mallarmé tinha razão!
Nem sonhemos nunca mais,
que nos páramos do sonho
andam bestando ideias de Platão!
Suspendei vossas grinaldas e varemos
aos emboléus a escuridão!

GRAFITE

Bleu Blanc Rouge

UN MEURSAULT PUISSANT
COMME LE TEMPS JADIS DE VILLON

UN CHÂTEAU-LATOUR ROBUSTE
COMME LA SYNTAXE DE RABELAIS

UN SAINT-ÉMILION CHALEUREUX
COMME LE BACCHUS DE RONSARD

UN CHABLIS NERVEUX
COMME LA CITÉ FANTÔME DE BAUDELAIRE

UN BOURGOGNE RACÉ
COMME LA PROGÉNIE DE RODIN

UN MALVOISIE TENDRE
COMME LES ENFANTS DE RENOIR

UN MÉDOC BOUQUETÉ
COMME L'AZUR DE MALLARMÉ

UN BEAUJOLAIS FRUITÉ
COMME LA LANGUEUR DE VERLAINE

UM CHÂTEAU-CHALON MYSTÉRIEUX
COMME LES AMOURS JAUNES DE VAN GOGH

UN SAUTERNE CORSÉ
COMME LA LIQUEUR DE RIMBAUD

UN CASSIS GOULEYANT
COMME LA COMPLAINTE DE LAFORGUE

UN CHAMPAGNE CAPITEUX
COMME LE CLAIR DE LUNE DE DEBUSSY

UN SAINT-JULIEN ÉLÉGANT
COMME LE FAUVISME DE MATISSE

UN MUSIGNY FÉMININ
COMME LE PAUVRE JEAN DE COCTEAU

UN SAUMUR-MOUSSEUX ÉPANOUI
COMME LA DENTELLE DU TEMPS DE PROUST

UN CHÂTEAU-MARGAUX VÉLOUTÉ
COMME LA JEUNE PARQUE DE VALÉRY

UN CÔTE-DU-RHÔNE ROND ET GLISSANT
COMME LA VALSE DE RAVEL

UN CABERNET BRILLANT
COMME L'ALCOOL D'APOLLINAIRE

UN CHÂTEAUNEUF AMPLE
COMME LA MER DE SAINT-JOHN PERSE

UN VIN COMPLET
— BOUQUET FINESSE ÉLÉGANCE —
COMME LES ARTS DE FRANCE

SUPLEMENTO INFANTIL

Bandeira 2

O azul do nosso céu representa o verde das nossas matas? Ou o cinza do nosso céu representa a cinza das nossas matas?

✴

Coriscos no Bairro dos Funcionários

João, reflexivo: Nossa inteligência não passa duma luta — dura e suja — contra o conforto da nossa burrice!

*

João, irritado: E essa liberdade que tarda mas não vem!

*

João, satisfeitão: Estou pagando imposto de renda como um milionário: pouco paca!

20

Artigo Indefinido
SHAW

O Gol é Necessário
DESCANSO DE FUTEBOL

Poeta do Dia
AUDEN: BALADA DE UMA DONZELA

Bar do Ponto
STURM UND DRANG

Pipiripau
RÉPLICA PARA CORAZZINI

Grafite
CANTIGA DE NIBELUNGO

Suplemento Infantil
PROFISSÃO: MENINO

Coriscos
CORISCOS NO PARQUE

ARTIGO INDEFINIDO

Bernard Shaw

George Bernard Shaw *passou a vida inteira tentando separar diante do público o palhaço e o pensador que existiam nele. Mas, sempre que essa complicada operação chegava a um resultado, misturava tudo de novo, confundindo os espectadores. Teceu e desfez as malhas de sua reputação enquanto viveu; possivelmente por uma decorrência compulsiva de seu temperamento. Era argumentador tão hábil e agudo que vivia discutindo consigo mesmo. Gênio vertiginoso das antíteses, teria acabado em uma clínica de doentes mentais, caso não tivesse descoberto a terapêutica do palco, onde desdobrou os diversos homens inteligentes e convictos que se disputavam dentro dele.*

Um intelectual passa vinte ou trinta anos compondo uma visão do mundo; Shaw produzia uma visão do mundo cada vez que falava ou escrevia. Essa pluralidade fantástica de visões ofuscava a coerência de uma criatura que decidiu muito cedo ver claro — a fim de melhorar as condições objetivas da humanidade.

Um dos grandes espíritos da época — lamenta Eric Bentley — foi tido por um palhaço irresponsável. Certo. Mas, quando o próprio Shaw implora, em um prefácio, que o leitor esqueça tudo que haja lido sobre ele, o problema que não lhe ocorre é o verdadeiro: impossível é esquecer o que o próprio Shaw escreveu sobre si mesmo e o mundo. A multiplicidade dessas opiniões é que nos fascina... e desorienta. Por isso mesmo, não há duas pessoas que pensem a respeito dele em termos muito parecidos. Não foi um homem de espírito: foi uma assembleia de homens de espírito.

O complicado T. E. Lawrence preferia ouvi-lo a ler qualquer livro: Chesterton lia suas réplicas polêmicas no melhor bom humor; Einstein disse que Shaw nos aliviava do peso do mundo.

Enquanto os críticos dimensionam a importância de seu pensamento filosófico e social, nesta segunda metade do século XX, resta-nos a certeza de que ele fez rir a todos, amigos e inimigos, fidalgos e estivadores, artistas e cientistas, comunistas e fascistas. Ninguém mereceu mais justamente este título: o homem mais engraçado de nossa época.

Muitas de suas conclusões podem ser entrechocantes. Mas há nele uma compacta coerência: a de uma vida de denúncias contra a pobreza, mãe de todas as misérias físicas e morais. Aprendeu com Samuel Butler que o dinheiro é a coisa mais importante do mundo. Viveu mais de meio século torturado por essa compreensão, cujo corolário era o seguinte: "o dinheiro controla a moralidade". Quem nega isso é inimigo da vida. O dinheiro representa saúde, força, honra, generosidade, beleza, assim como a falta de dinheiro representa doença, fraqueza, desgraça, mesquinharia e fealdade. O clamor popular é por dinheiro. O mal a ser combatido não é o pecado, o sofrimento, a intemperança, o clero, a monarquia, a demagogia, o monopólio, a ignorância, a guerra. É simplesmente a pobreza.

O GOL É NECESSÁRIO

Descanso de Futebol

Eu devia ou pelo menos merecia estar aposentado. Mas a ideia sombria da invalidez, e não do ócio com vivacidade, orientou os criadores do instituto de aposentadoria.

Deu-se que um dia, há uns três anos, vislumbrei de súbito que uma aposentadoria especial estava ao alcance de minha mão. Foi uma coisa drástica mas lúcida: exonerei- me do futebol. Descobri num relance que eu somava 35 anos de futebol e podia muito bem fazer outra coisa nos fins de semana. Pensei: se em 35 anos ainda não vi o futebol, é porque não tenho olhos para vê-lo. Sim, já vi o futebol. Já vi, vivi, sofri e morri o futebol. Valeu muitíssimo a pena e o prazer, mas não tinha mais sentido me perder no tráfego de sábado e domingo a fim de presenciar do alto da arquibancada um espetáculo já visto e revisto.

Velhos irmãos de opa, sobretudo os de opa alvinegra, ficam irritados com esse meu raciocínio, que consideram um desvio do entendimento, e com essa retirada, na qual farejam uma apostasia. Pois vou aguentando as broncas todas, folheando ainda as páginas esportivas, participando do papo, assistindo a um ou outro vetê vadio, mas decidido a só comparecer ao estádio em caso de compulsão emotiva.

Já vi o futebol. Hoje prefiro e só me cabe rever as fitas da lembrança, em que se gravam os grandes lances do meu aturado exercício de espectador. Não me cansei do futebol, retirei-me dele, insisto, para preservar meu patrimônio de memórias, sem o desgaste da ansiedade de quem continua, em idade canônica, a esperar nas arquibancadas um milagre maior. Já testemunhei os milagres todos que podiam acontecer em campo. Vi nessa longa temporada lances magistrais que possivelmente não se repetirão nos dias de minha vida. Conheço bem a experiência calorosa de sentir-me uno e soldado à alma da multidão, como conheço o sentimento dramático e animador de estar em confronto com a maioria ululante.

Sei que as possibilidades de uma partida qualquer são infinitas; mas não quero disputar mais; não quero mais exercer o pileque dionisíaco da vitória nem a ressaca autopunitiva da derrota. Na idade magoada em que me encontro, torcer como se deve torcer, com o desvario da alma toda, seria um despudor. Um instinto me aponta o caminho da contemplação e outro instinto me insinua que, em matéria de contemplação futebolística, minhas chances de novidade e plenitude são mínimas.

O futebol já me viu. O futebol jogou-me como quis. O que colhi no campo dá perfeitamente para eu viver mais dez ou vinte anos. No meu celeiro de craques há vívidas memórias de Leônidas, Zezé Procópio, Romeu, Zizinho, Didi, Nilton Santos, Pelé, Sastre, Puskás, Néstor Rossi, e Garrincha, que pode não ser o maior, mas se singulariza por ter demonstrado que a mágica pode ganhar da lógica. Vi maviosos conjuntos, sinfonicamente arranjados, e vi a *jam session* das improvisações talentosas. Vi craques nascentes como quem acha um novo amor ou dinheiro perdido. Vivi até onde pude minhas tardes olímpicas e minhas noites de dança ritual ao pé do fogo. Retiro-me com a sensação saciada de que cumpri o dever para com a tribo e não driblei o meu destino.

Meu destino era amar o futebol. Amei-o. Desde criancinha, quando espiava da lonjura da janela a bola que dançava no capim do clube aldeão. Até hoje, não é o perfume de *aubépine* ou de qualquer outra planta altiva que me proustianiza; é o aroma rasteiro da grama que me espacia.

Poeta do Dia: W. H. Auden

Balada de uma Donzela

Vou contar a historinha
da moça Edite Diana:
morava no 105,
avenida Taprobana.

Tinha um olho meio torto,
boca fina de siri,
ombros um tanto caídos,
busto, se tinha, não vi.

Tinha um costume de sarja,
tinha um chapéu de lacinho,
morava no Grande Rio
num quarto de passarinho.

Tinha uma capa de chuva,
uma sombrinha também,
bicicleta quebra-galho,
de freio duro, porém.

A matriz de Santo Antônio
era perto do seu lar,
e ela fez tricô aos montes
para leilões do bazar.

Às vezes olhava a Lua
dizendo a si mesma: "Crês
que alguém importa que vivas
com um salário por mês?".

Uma noite teve um sonho:
era a rainha da França!
E o cura de Santo Antônio
pede à rainha uma dança!

Foi aquela tempestade!
Ela pedalando triste
e um touro — a cara do cura —
vindo de chifres em riste;

sentia o bafo do touro,
sentia um medo, um anseio,
e a roda em câmara lenta
por causa daquele freio.

Era o verão tão bonito,
porém no inverno, um destroço,
ela ia para a reza
vestida até o pescoço.

Topava pelo caminho
(mal olhava, se voltava)
os casais tão agarrados;
mas ninguém a convidava.

Sentadinha no seu canto
ouvia o órgão tocar,
cantava o coro tão lindo
quando era o dia a findar.

De joelhos e mãos postas
pedia ao Deus de Belém
que a livrasse do pecado
e de todo mal, amém.

E aí são dias e noites
como um filme de terror:
e por fim de bicicleta
Edite achou um doutor.

No Setor de Cirurgia
tocou a sineta, muda:
"Não vou nada bem, doutor,
sinto uma dor tão aguda!".

Dr. Amado examina
e outra vez, atento, espia:
"Por que não veio há mais tempo?".
E lava as mãos na bacia.

Fazendo bolas de pão
sentou-se o dr. Amado
para jantar. Disse: "Câncer
é um negócio engraçado;

ninguém sabe a sua causa
(quem disser que sabe mente);
é como alguém de tocaia
querendo matar a gente;

comum na mulher sem filho
e no aposentado, por
ser talvez um escape
para o fogo criador".

Madame toca a sineta:
"Mas que morbidez, Amado!".
Ele: "Acho que dona Edite
é um caso liquidado".

Conduzida ao hospital
("Senhorita Pele e Osso"),
ela ficou estendida vestida
até o pescoço.

Os alunos, quando a viram,
se riram mas sem maldade,
e o dr. Rosa cortou
Edite pela metade.

Diz dr. Rosa: "Atenção!
Um sarcoma num estado
assim tão evoluído
é um verdadeiro achado!".

Estendida num carrinho
da Sala de Cirurgia
Edite passou à sala
de estudos de anatomia.

Restos de Edite Diana
ao teto foram alçados;
dissecaram seu joelho
dois internos aplicados.

BAR DO PONTO

Sturm und Drang

Bürger casou-se. Apaixonou-se pela cunhada. A esposa morreu tuberculosa. Ele se casou com a cunhada. Que morreu de parto um ano depois. Bürger se casou de novo. Mas a jovem mulher o traía demais da conta. Então ele se divorciou. Sofreu de verdade com a crítica de Schiller sobre os seus poemas. Minado pela tuberculose. Acabou se enforcando, claro.

PIPIRIPAU

Réplica para Sérgio Corazzini

Sou uma criança triste
que tem vontade de beber.
Sou uma criança triste
que tem vontade de viver.

Eu não sei senão viver.

GRAFITE

Cantiga de Nibelungo

Na solidão luminosa
de Copacabana entrei.

Ia à caça de uma ondina,
Lorelai ou Lorelei.

Fui pelos bares atlânticos,
coração nos pés trancei,

vim pelos becos de dentro
como quem foge da lei.

No *Nibelungen* do Leme,
na penumbra, a vislumbrei,

bebendo, a rir, mas não era
a que me ardia, e me dei

num castelo de cevada
que às valquírias levantei.

Por escadarias bruscas
pisos brumados galguei:

no terraço me esperando,
Lorelai ou Lorelei,

loura lua, névoa lenta,
foi-se a dançar, e eu dancei,

pelas rampas, pelas criptas,
pelas clausuras del-rei,

calabouços, barbacãs,
só neblinas assustei,

de repente no fiorde
do silêncio despenquei,

um filho do nevoeiro,
nibelungo, me tornei,

nibelungo desvalido,
pouco dado à minha grei,

anão da saga do ouro...
Às minas natais voltei:

nas brenhas do Brumadinho
os gigantes enganei;

antros, alcovas, sepulcros,
larvarmente violei;

na lapa do Acaba Mundo
de meus irmãos apanhei;

quis sumir na minha cova,
por Brunehilde clamei,

mas na bruma de mil anos
nosso anel não encontrei.

Tantas voltas dá o mundo
do nosso anel, que me achei

sem saber se deste mundo
nibelungo sairei.

Sou o sonho de outro sonho
de quem me sonha, sonhei.

Quando chegou o crespúsculo
dos deuses me apavorei;

entre as tochas do poente,
rato alado, me livrei,

num Reno de fogo frio
lentamente me apaguei.

Es war ein König in Thule,
lá em Thule tinha um rei,

que não bebeu nunca mais,
mas amanhã voltarei

à solidão luminosa
de Copacabana, eu sei.

Talvez daqui a mil anos
um som de trompa serei.

SUPLEMENTO INFANTIL

Profissão: Menino

Estudar é desumano!
Só o brinquedo é divino!
Aqui cheguei por engano!
Viver não é pra menino!

CORISCOS

Coriscos no Parque

Um sujeito diz: "Eu sou um poeta!". Tradução: "Eu sou uma alma perdida e nem sei se sou um poeta!".

Posfácio
Colecionador de si mesmo

Leandro Sarmatz

Foi uma das utopias mais perduráveis do modernismo, essa a do "jornal-de-um-homem-só". Desde 1912, quando Karl Kraus assumiu a totalidade dos textos publicados em *Die Fackel*, o que significava produzir sozinho uma quantidade considerável de editoriais, aforismos, resenhas, epigramas, textos dramáticos e apreciações furibundas da vida política do Império Austro--Húngaro, outros escritores iriam tomar as rédeas da produção de um periódico. Isso podia se dar no plano prático, ou seja, na confecção e distribuição mais ou menos regular de um conjunto de textos – baseado no Rio de Janeiro, *A Manha*, de Apparício Torelly, vulgo Barão de Itararé, é um exemplo clássico em nossa cultura –, quanto no plano simbólico, caso da fundação de algumas revistas modernistas daqui e do estrangeiro, no qual um grupo reduzido e altamente coeso de autores, organizados em torno de um mesmo ideário estético, produziria alguns números da publicação antes que a mesma implodisse por culpa de divergências, sectarismo ou desinteresse de alguns. De todo modo, não deixa de ser perturbador o parentesco entre alguns manifestos e os editoriais estampados na chamada grande imprensa: uma suposta revolução deixando-se entreouvir na voz e nas cadências algo moralizantes daquele que é por excelência o gênero jornalístico dos "patrões".

Paulo Mendes Campos não tinha patrão quando começou a elaborar o seu *Diário da Tarde*, no iniciozinho da década de 1980. Gozava, aliás, uma recente aposentadoria como técnico de comunicação pela Empresa Brasileira de Notícias e, recolhido do tumulto de Ipanema no sossego de um sítio perto de Petrópolis, preenchia o tempo livre na tarefa de montar – a partir de seus próprios textos publicados na imprensa e das copiosas notas que manteve em dezenas de cadernos e durante muitos anos* – esse jornaleco imaginário, versão muito particular dos jornalões do Rio e de São Paulo nos quais, pelo menos desde o final da década de 1940, o autor bateu ponto com suas crônicas, levíssimos (e não menos cultivados) ensaios e até mesmo reportagens. Reunidos e organizados em seções ("retrancas", como preza o vocabulário do metiê), os textos tiveram uma edição em 1981 pela Civilização Brasileira/Massao Ohno e muito tempo depois, em 2013, ganharam aquela que talvez fosse a forma sonhada pelo autor: uma versão tabloide, cheia de bossas gráficas e detalhes evocativos de uma suposta era de ouro da imprensa brasileira, lançada pelo Instituto Moreira Salles. Vai daí que seu apelo, para além da qualidade incontestável dos textos, resenhas, perfis, aforismos, crônicas, poemas e traduções, esteja em grande parte na nostalgia que esse objeto cultural desperta no leitor de hoje. Pois, contrariando o senso

---

* Relato pormenorizado da escrita dos cadernos pode ser lido em: *"Diário da Tarde*: o volume involuntário", série de dois textos publicados no Blog do IMS (www.blogdoims.com.br) por Elvia Bezerra, coordenadora de literatura do Instituto Moreira Salles.

comum sobre os jornais, esse é um diário que não caduca na manhã seguinte: ele se mantém estacionado numa dimensão que não é mais aquela marcada pela folhinha, mas num lusco--fusco temporal, espécie de período intermédio, aquele em que os dias parecem se passar sem grande distinção e que só é experimentado pelas crianças durante as longas férias escolares ou pelos velhos quando estes chegam ao fim da idade produtiva. Nada parece importar menos, para as crianças e os velhos, que a sucessão de fatos, notícias e acontecimentos aparentemente palpitantes que ocupam as páginas dos jornais e ajudam a preencher e eletrizar os nossos dias, dando-nos a ilusão de informação e utilidade para enfrentamos mais uma jornada "lá fora". Vejamos a recomendação do próprio autor na página de abertura do seu *Diário da Tarde*: "Este livro pode ser folheado num lindo dia de chuva, à falta duma boa pilha de revistas antigas". Na metafísica de gazeta de Paulo Mendes Campos, seu jornal ganhava mais utilidade quando menos se fazia preciso.

Por isso é difícil e tem mesmo algo de infrutífera a tentativa de definir o *Diário da Tarde*. Há em seu projeto um influxo de amadorismo, ou de nostalgia do não profissionalismo vindos de alguém cuja trajetória na imprensa foi, como sabemos, sobretudo profissional. Também nele se pode conferir o traço do generalista talentoso, do tipo que recusa a especialização para experimentar outras modalidades, as quais, num primeiro exame, poderiam se mostrar estanques. Há nisso tanta sem-cerimônia quanto despretensão, busca pela leveza quanto zelo – não se diria programático, pois toda a produção do autor passa ao largo disso – de marcar, graças à força de uma criação que comporta tamanha diversidade de gêneros e vozes, um lugar especial, talvez fronteiriço, no ecossistema do jornalismo e da literatura brasileiros, de onde o autor ia e vinha em alegre comércio.

É possível, contudo, encontrar certo parentesco do *Diário*

da Tarde com outras manifestações da nossa literatura. Na aparência tão distantes, autores como Oswald de Andrade (1890--1954), Millôr Fernandes (1923-2012) e Nuno Ramos (1960) poderiam assumir com galhardia algumas edições hipotéticas do *Diário*, dando uma folga ao diligente diretor de redação-repórter--cronista-redator-revisor-pau pra toda obra editorial. Polímatas de gênio, sendo que no caso dos dois últimos a produção literária e/ou jornalística se dá em paralelo com atuação relevante nas artes gráficas e plásticas, os três autores sempre pareceram desprezar a unidade e o elemento definidor que nos orientam para a leitura de determinada produção ("fulano é poeta", "sicrano é contista", e estamos conversados).

Toda a obra de Oswald de Andrade parece querer produzir os mesmos efeitos, a despeito do projeto totalizante de seu autor. Não é mero acaso que os empreendimentos desse "homem sem profissão" só iriam ganhar relevo e toda uma nova significação por meio das gerações que, nas décadas de 1950 e 1960, já haviam sido tocadas não só pela vibração dos jornais *modernizados* (como o *Correio da Manhã* e o *Jornal do Brasil*) e das revistas, mas também do cinema e da TV – enfim, de toda a indústria cultural. Vista no conjunto, a obra de Oswald poderia ser lida como um imenso jornal a atravessar as décadas produtivas do autor, com suas seções (prosa, poesia, manifestos, textos diversos), temas do momento (a antropofagia, a revolução, o colapso da burguesia) e, aqui talvez o traço que mais aproxime o autor paulista do mineiro, o desprezo por marcos definidores.

Divididas entre as artes visuais e as letras, as obras de Millôr e Nuno Ramos parecem guardar parentescos estruturais e temáticos ainda mais fortes com a linhagem de Paulo Mendes Campos. Neles a produção jornalística, o ensaio, a tradução, a ficção, a paródia e o poema parecem compostos por uma redação inteira de autores. O Millôr da crônica é um, o da peça satírica é outro.

324

Assim como o Millôr da poesia, da tradução de outros poetas, dos aforismos salpicados ao longo de uma obra copiosa. O prosador Nuno Ramos, que escreve uma ficção estranha, deslocada e distante daquilo que é mais ou menos a norma em um livro contemporâneo de ficção – seus textos mais se assemelham a instalações artísticas em prosa –, difere do ensaísta penetrante, bem informado e cheio de insights mas de voz mais convencional que é possível acompanhar em cadernos culturais de jornais ou em revistas. Não bastasse essa produção, Nuno Ramos também compõe sambas.

*

São travessuras, graças sutis, inteligência que reluz na maior clareza expositiva os textos que compõem este *Diário da Tarde.* Jornalista desde os dezessete anos, colaborador de jornais e revistas até 1991 (ano de sua morte), Paulo Mendes Campos tinha *panache* e experiência suficientes para preencher – com variedade, perfeito controle do ritmo entre as seções, o tempo inteiro alternando doses de informalidade e momentos mais reflexivos – as vinte "edições" do seu jornal. Como lembra Elvia Bezerra, o autor definira assim o livro por ocasião do seu lançamento: "Um painel da barafunda das minhas curiosidades, que não foi projetado, mas resultou dessas atenções múltiplas que surgiram na minha vida e estão refletidas neste volume involuntário".* Se as curiosidades do autor são uma barafunda, a forma escolhida para apresentá-las não poderia estar mais ordenada. Paulo Mendes Campos copia a estrutura dos jornais modernos (aqueles mesmos para os quais contribuía com brilho e regularidade), forjando

---

* Entrevista a Edilberto Coutinho, jornal *O Globo* (03/02/1982), op. cit.

seções que refletem a um só tempo suas "atenções múltiplas" quanto o nível de artesanato a que chegou a sua arte.

Não parece ser descabido falar em artesanato, ao menos no caso único que é este *Diário da Tarde*. Há em praticamente todos os textos o empenho do criador – então cultivando flores e frutas na serra fluminense – em trabalhar com os parcos recursos de que dispõe, e sem posar de literato. No caso, apenas oito seções, compreendendo aqui desde o chamado artigo de fundo ("Artigo indefinido", com breves ensaios literários e culturais, todo um triunfo da inteligência apurada do autor), a resenha futebolística e a crônica do bate-bola ("O gol é necessário"), a tradução criativa de poesia ("Poeta do dia"), a observação do cotidiano ("Bar do Ponto"), o poema gracioso, o aforismo, a estorieta ("Piripau"), um texto breve mas geralmente atordoante em sua pertinência e agudeza ("Grafite"), brincadeiras literárias para crianças crescidas ("Suplemento infantil") e outro punhado de aforismos ("Coriscos"). Mas nada para além da organização das seções sugere um conjunto estanque de textos autônomos e autossuficientes. Na verdade o que ocorre é o contrário. Há uma contaminação geral entre as peças reunidas no volume, obra de um editor-autor consciente de seus propósitos. Os textos conversam entre si, se desdobram, se nutrem uns dos outros como se algumas dezenas de autores estivessem remando sob a mesma cadência, obedecendo ao mesmo "manual de redação". É frequente que mesmo naquela mais descompromissada das crônicas de ambientação urbana surja uma referência à alta literatura. Ou que num breve mas esclarecedor ensaio sobre *Coração das trevas*, de Conrad, o escritor dote o seu texto, sem abdicar de uma leitura rigorosa e bem informada (e ele conhecia à beça a obra do polaco-britânico), com o ritmo de uma de suas crônicas algo melancólicas, daquelas que poderiam estar reunidas em *O amor acaba*, por exemplo. O próprio final do ensaio leva um arremate lírico e algo desencantado digno das melhores crônicas do mineiro: "Marlow chega ao fim da narrativa, com a pose de um Buda meditativo. O rio parecia rolar para o coração de uma treva imensa".

Dentre os autores da grande crônica carioca dos anos 1950 a 1980 (que praticamente constitui um gênero autônomo), Paulo Mendes Campos foi, se não o mais informado na melhor literatura, pelo menos o que soube equilibrar a *nonchalance* e a leveza típicas dessa produção com a leitura substantiva de clássicos e modernos. Antes dele, como lembra Ivan Marques, talvez só o Carlos Drummond de Andrade de *Passeios na ilha* (1952) se aproximara dessa forma híbrida.* Por isso, mais do que crônicas, alguns de seus textos roçam os limites daquele *essay* que vicejou a partir da Inglaterra e fez de revistas norte-americanas como *The New Yorker* e *Esquire* seu habitat natural. Texto elegante e bem informado, um ponto de vista pessoal (e portanto original, à prova de manadas mentais), o nó da gravata levemente afrouxado, o copo com o uísque numa das mãos, as ideias brotando com clareza. Nem *high* nem *low*, Paulo Mendes Campos foi o *middlebrow* por excelência na prosa brasileira do século xx. (E o fato de que *O encontro marcado* [1956], de Fernando Sabino, o romance médio paradigmático e ainda hoje não igualado de nossas letras, verse, entre outros, sobre o autor do *Diário da Tarde*, parece ser algo mais do que uma dessas coincidências que nos ajudam a entender melhor a literatura e os escritores.)

O conjunto reunido em *Diário da Tarde*, portanto, impressiona pela variedade e coerência, sem que se corra o risco do oximoro. Vejam-se, por exemplo, estes dois trechos pinçados do volume:

---

* "A vida não vale uma crônica", posfácio a *O amor acaba* (São Paulo: Companhia das Letras, 2013).

DUPLEX

Minha duplicidade aqui está: sei desatar muito bem, e culpar, o nó original, inelutável, de que resulta o embrulho dos meus malfeitos. E jamais me ocorre descobrir e apontar as causas, igualmente inelutáveis, dos meus acertos. ("Pipiripau")

E

BAR CALYPSO

Se sou o que sou, não sou.
Se estou onde estou, não estou,
Pois, se eu fosse isto,
estando aqui,
por minha vontade seria diferente,
muito longe,
indiferentemente. ("Grafite")

Paulo Mendes Campos atravessa boa parte de seu jornal perguntando-se – às vezes de forma lancinante, noutras com uma ironia desencantada – sobre si mesmo, num procedimento que não se esgota no solilóquio. O autoexame atravessa crônicas, poemetos, epigramas, aforismos, comentários culturais, e de resto é um dos trunfos agridoces do autor ao longo de toda a sua produção anterior, tanto nas crônicas quanto na poesia. Nisso parece se aproximar de outros dois mineiros no Rio como ele, porém de uma geração anterior: o Murilo Mendes de *A idade do serrote* (1968) e o Pedro Nava do ciclo de memórias (iniciado com a publicação, em 1972, de *Baú de ossos*). Sem esquecer, é claro, o Drummond de *Boitempo* (cujo terceiro e último volume saiu em 1979). A gente de Minas Gerais parece ser boa de memorialismo e, em alguns casos, de autoflagelação, talvez resquício de algum catolicismo encravado na alma mesmo daqueles que se fizeram agnósticos quando adultos. O espelho impiedoso também reflete em outros autores de sua geração das Alterosas, a julgar pelo tom excruciante de muitas das cartas de Otto Lara Resende a Fernando Sabino, vindas a lume recentemente sob o título de *O Rio é tão longe*.* No caso de Otto, o travo melancólico às vezes descamba para a violência – verbal e psicológica – contra si mesmo (geralmente motivada por alguma suposta frustração do autor no campo literário). Em Paulo Mendes Campos o abismo parece domesticado, está mais próximo, é tratado a pão de ló:

> Tive consciência da minha velhice depois de passar por um vasto espelho sem me olhar. ("Coriscos")

> Sou uma criança triste
> Que tem vontade de beber.
> Sou uma criança triste
> Que tem vontade de viver.

> E eu não sei viver. ("Pipiripau")

Há um risco embutido nisso, evidentemente, que vem a ser o tal "cansaço do processo", na atroz fórmula-constatação de Manuel Bandeira depois de ter lido mais uma peça de Nelson Rodrigues em que abundavam incestos e outras taras sexuais no interior da família carioca. Corre-se o risco de atravessar as páginas do *Diário da Tarde* em busca de outro momento "desencantado", como se o autor ali estivesse a mendigar algum tipo de compaixão do leitor. Nada mais equivocado. Ao mesmo tempo que esse olhar para dentro de si mesmo constitui um dos pilares das letras ocidentais – o Eu em vigília consigo é, afinal, desde Montaigne, o ponto de partida do gênero ensaístico –, há leveza

---

* Companhia das Letras, 2011.

para tratar do tema. Contribui para isso também a variedade de assuntos, interesses, pontos de vista. O resto fica por conta da própria ambiguidade de um livro que tem a palavra "diário" como título.

*

A grande proeza de Paulo Mendes Campos – seu feito inédito e intransferível – parece ter sido o de acomodar, com total expertise, uma matéria tão variada nestas centenas de páginas do *Diário da Tarde*. A partir de notas e materiais já veiculados, rearranjados sob o guarda-chuva que tanto pode ser o periódico quanto o diário íntimo, ele soube conservar, como um colecionador de si mesmo, uma miniatura da própria obra ao longo do tempo. A poesia e a crônica, o ensaio e o autoexame, as brincadeiras verbais e a observação do cotidiano, além do Rio, do futebol, do humor: este livro contém um pouco disso tudo, oferecido como uma espécie de breviário de sua arte. No mercado editorial anglo-americano há o formato do *portable*, o volume que reúne e sumariza o melhor de determinado autor. Com este livro publicado originalmente cerca de quarenta anos depois de seus primeiros textos aparecidos na imprensa mineira, o autor, editor de si mesmo, elabora a sua antologia particular. Ou, como anota no "Artigo indefinido" sobre o volume de poemas que Walt Whitman reescreveu e rearranjou obsessivamente ao longo de décadas do século XIX: "*Leaves of Grass* é isso: o breviário do milagre da vida contra o poder de Acídia". Idêntico juízo poderia ser emitido a respeito deste *Diário da Tarde*. Porque a acídia – felizmente para seus leitores – não foi nem de longe o forte de Paulo Mendes Campos.

ESTA OBRA FOI COMPOSTA EM ELECTRA PELA SPRESS E IMPRESSA EM OFSETE
PELA GEOGRÁFICA SOBRE PAPEL PÓLEN SOFT DA SUZANO PAPEL E CELULOSE
PARA A EDITORA SCHWARCZ EM MAIO DE 2014